LA REINA

LA REINA

JENNIFER L. ARMENTROUT

TITANIA

Argentina • Chile • Colombia • España
Estados Unidos • México • Perú • Uruguay

Título original: *The Queen*
Editor original: Evil Eye Concepts, Incorporated
Traducción: Tamara Arteaga y Yuliss M. Priego

1.ª edición Marzo 2024

Copyright © 2020 *by* Jennifer L. Armentrout
Translation rights arranged by Taryn Fagerness Agency and
Sandra Bruna Agencia Literaria, S.L.
All Rights Reserved
© 2024 de la traducción *by* Tamara Arteaga y Yuliss M. Priego
© 2024 *by* Urano World Spain, S.A.U.
Plaza de los Reyes Magos, 8, piso 1.º C y D – 28007 Madrid
www.titania.org
atencion@titania.org

ISBN: 978-84-19131-52-2
E-ISBN: 978-84-19936-55-4
Depósito legal: M-418-2024

Fotocomposición: Ediciones Urano, S.A.U.
Impreso por Romanyà Valls, S.A. – Verdaguer, 1 – 08786 Capellades (Barcelona)

Impreso en España – *Printed in Spain*

CAPÍTULO 1

CAPÍTULO 1

Embarazada.

De ocho semanas. Tal vez algo más.

Tenía en la punta de la lengua la respuesta más típica de la historia, la que me haría quedar como una auténtica idiota.

«Imposible».

Mientras miraba boquiabierta a la doctora de piel plateada, una voz más cuerda me susurraba que sí que era posible; me decía: «Eso es lo que pasa al no usar condón, Brighton Jussier».

Aquella voz se parecía mucho a la de mi madre cuando estaba lúcida y no era el cascarón que dejaron los faes de invierno tras su ataque.

—¿Estás bien? —preguntó Luce antes de arrugar la nariz—. Vale, ha sido una pregunta estúpida. Dudo que esperaras esa noticia.

Se me escapó una risa estrangulada. En realidad, era lo último que me esperaba. Se me estaban pasando tantísimas cosas por la cabeza sentada en el mullido sofá de lo que podría considerarse una *suite* de lujo del comúnmente conocido Hotel Faes Buenos. Al estar oculto por un hechizo, a ojos humanos el edificio solo era una fábrica derruida y abandonada en la calle St. Peters, pero el hotel era un complejo enorme e impresionante donde vivían todos los faes de verano que se negaban a alimentarse de humanos a la fuerza.

Ahora mismo me parecía como si el edificio estuviese hecho de cartón y fuese a derrumbarse en cualquier momento.

—¿Cómo...? —susurré—. ¿Cómo es posible?

La fae rubia, que al parecer trabajaba a media jornada en una clínica humana porque sentía la misma curiosidad por los humanos que los zoólogos por los animales, frunció el ceño.

—Bueno, me imagino que durante el sexo...

—Eso lo sé —la corté—. Pero ¿cómo puedo seguir embarazada después de... todo por lo que he pasado? —Mi mente no concebía que un... embarazo sobreviviese a todo el tiempo que Aric me había tenido cautiva. Ese antiguo había matado a mi madre y me había dado por muerta hacía dos años. Me había torturado durante semanas, durante *meses*. Y no había podido comer tres veces al día precisamente.

—Tu cuerpo ha soportado mucho —repitió Luce con tiento—. Incluso para una fae, seguir embarazada sería un milagro. Pero ¿para una humana? Sería altamente improbable...

—Entonces, ¿estás segura?

—No se me ocurre otro motivo por el que los índices de esa hormona hayan subido tanto. Quiero hacerte más pruebas. Una ecografía, por ejemplo. Y un análisis de sangre.

—Estoy... embarazada.

Asintió.

—Embarazada —repetí, medio asimilándolo.

Un bebé estaba creciendo en mi interior en este mismo momento. Iba a ser... madre. Se me paró el corazón por un instante. ¿Podía siquiera ser madre? Era relativamente organizada, responsable y lista, y había tenido que cuidar de mi madre desde muy joven, pero eso no era lo mismo que cuidar de un ser humano diminuto. No tenía ni idea de qué me depararía el futuro.

Se me aceleró el pulso. Aric se había... alimentado de mí muchas veces, al igual que los otros faes con mi madre tantos años atrás. El trauma le hacía perder de pronto la noción de la realidad. Yo ya había tenido episodios en los que me veía arrastrada a un mundo que solo parecía existir en mi mente. Cabía la posibilidad de que mañana me despertara y me viera atrapada durante un día entero en un mundo de recuerdos aterradores y alucinaciones inquietantes. Tal vez incluso más de uno. Sabía lo que era ver a alguien a quien amabas, la persona que supuestamente debía cuidar de ti, quedar atrapada y volverse inalcanzable. No me arrepentía de haber apoyado a mi madre. Para nada. Pero cuando recobraba la cordura saber que necesitaba cuidados constantes la mataba por dentro.

Yo no quería pasar por lo mismo.

Dios, era lo último que quería.

Los ojos azul claro de Luce examinaron los míos.

—Me vendría bien saber quién es el padre. Eso podría explicar cómo es posible.

Me obligué a salir de la espiral de nervios y pánico en la que estaba entrando y tomé aire.

Cuadró los hombros como si se estuviera preparando.

—Es... evidente que el rey siente mucho cariño por ti. Cuando desapareciste, puso Nueva Orleans patas arriba para buscarte. Apenas se ha apartado de tu lado desde que te encontró y solo duerme unas cuantas horas.

Se me encogió el corazón y cerré los ojos. Habían pasado tantas cosas desde que había despertado sin estar encadenada a lo que creía que sería mi tumba. Acababa de recordar lo que Aric había insinuado: que un fae de verano lo había estado ayudando. Tenía que decírselo a Caden. Y no solo eso; seguía tratando de procesar lo ocurrido con Aric, tanto antes como después. Además, hacía justo una hora había sentido un rayo de esperanza por primera vez desde el secuestro. Aquella sensación casi me hizo perder el aliento.

Caden me amaba. Había roto su compromiso por mí, pero lo más fuerte de todo era que podía seguir sintiendo amor y atracción después de que Aric me hubiera secuestrado. El dolor, la humillación y el miedo atroz no me habían robado la capacidad de desear, de amar. Darme cuenta me había roto los esquemas. Sabía que podría pasar página de lo que Aric me había hecho, aunque necesitara días, meses o años. Y también que Caden me esperaría, tardara lo que tardase.

Aquella esperanza se esfumó de golpe cuando Tatiana, la aspirante a reina de la corte de verano, se sentó justo donde estaba Luce y me explicó lo que pasaría si Caden no se casaba con una fae de la corte.

Un rey debía elegir a una reina que diese a luz a la siguiente generación. Si no, tanto la corte como Caden se debilitarían. Lo destronarían y lo repudiarían. Aunque dejase de ser el rey, su sangre seguiría siendo valiosa y poderosa y la corte de invierno podría cometer todo tipo de horrores con ella. Y no solo eso; si lo que Tatiana había dicho era cierto, la fertilidad de la corte disminuiría hasta llegar a extinguirse.

Caden debía de haber sido consciente de todo eso al romper el compromiso con Tatiana. Además de resultarme abrumador, me aterrorizaba bastante.

Si los faes de verano no luchaban contra los de invierno, la humanidad tendría los días contados. La Orden para la que trabajaba no sería capaz de plantarles cara por sí sola.

El futuro de la corte de verano no era lo único que dependía de que el rey eligiera una reina, el mundo entero lo hacía.

Siempre había soñado con esa clase de amor donde alguien está dispuesto a arriesgarlo todo por la otra persona. Dudaba que yo lograse vivirlo nunca, aunque lo deseaba con todas mis fuerzas.

Pero ¿merecía la pena la desaparición de la corte de verano? ¿De la humanidad? Me estremecí y me empezaron a picar los ojos. Aunque una parte de mí quería gritar que sí, ¿podría vivir conmigo misma, vivir feliz junto a Caden durante el tiempo que tuviésemos, mientras el mundo de desmoronaba a nuestro alrededor? ¿Hasta que la corte de invierno viniese a por él y él no pudiera defenderse?

¿Podría Caden vivir así realmente?

Tal vez ahora creyese que sí, pero ¿y dentro de meses? ¿Y años? Seguro que no.

Y yo tampoco.

¿Y ahora que había descubierto que... que *iba* a traer a un niño a un mundo que tenía fecha de caducidad?

No, no podía permitirlo.

Cuando reabrí mis ojos húmedos vi que Luce se había inclinado hacia delante.

—¿Es posible que el rey sea el padre, Brighton? ¿O se trata de otro?

—Aric no... no me violó.

—Has dicho que no recordabas que lo hubiera hecho —aclaró con amabilidad—. Dado el estado de tu embarazo no es probable que sea suyo, pero si ocurrió al principio de tu cautiverio, no sería del todo imposible.

Estaba bastante segura de que Aric no me había forzado. Para ser sincera, parecía que le asquearan los humanos, sobre todo yo. Sin embargo, hacia el final llegué a pensar que había empezado a respetarme, por muy retorcido que pudiera sonar. Si no hubiera sido capaz de matarlo en su momento, tenía la sensación de que esta conversación podría haber sido muy diferente.

Negué con la cabeza.

—No es suyo.

Luce me miró a los ojos.

—Entonces el padre es el rey. O quizá sea de otra persona.

Suspiré.

—Tiene que ser suyo. Nos... nos acostamos y no usamos protección. No pensé que fuese un problema.

Luce permaneció inmóvil durante varios momentos. No parecía ni respirar, pero entonces tragó saliva y se irguió.

—Es muy raro que un fae deje embarazada a una humana, pero no imposible.

Eso ya lo sabía. De esa unión podía nacer un semihumano, como Ivy Owens.

—La profecía. —Di un salto y el corazón se me subió a la garganta—. La que decía que abriría los portales al Otro Mundo...

—Tú no eres semihumana —me interrumpió con calma—, así que lo más probable es que tu hijo tampoco lo sea.

Tenía razón. La profecía para abrir los portales entre nuestros mundos y liberar a la reina Morgana decía que un príncipe, una princesa, un rey o una reina debía procrear con un semihumano o semihumana y dar a luz un bebé que nunca debería existir. Eso lo sabía. Yo no era semihumana, pero tampoco era humana del todo, ¿verdad? El rey me había dado el beso de verano, cosa que nadie sabía. Bueno, nadie que siguiera vivo, claro. Aric lo había adivinado, pero...

—Espera. —Mi cerebro por fin había procesado todo lo que me había dicho—. ¿Mi hijo no va a ser... semihumano? ¿Va a ser humano?

—No. —Luce volvió a inclinarse y juntó las manos—. Lo más seguro es que sea completamente fae.

Abrí la boca, la cerré y lo volví a intentar.

—¿Cómo es posible? Yo soy humana. —Prácticamente—. Y él es fae. Sus genes no pueden anular los míos.

—En realidad, en el caso del rey o de un antiguo sí que pueden.

Me la quedé mirando.

—¿La ciencia no existe para vosotros o qué?

Esbozó una pequeña sonrisa.

—Solo hasta cierto punto, Brighton. No somos humanos, así que no nos regimos por la ciencia, la biología o la genética humana. Somos muchísimo más superiores. —Se calló durante un instante—. Sin ofender.

Parpadeé.

—Eso podría explicar por qué sigues embarazada pese a los traumatismos que ha sufrido tu cuerpo —prosiguió Luce con una expresión de pura curiosidad—. El hijo de un rey sería muy fuerte incluso como feto y con una incubadora humana.

—¿Incubadora humana? —repetí—. ¿Puedes no volver a llamarme así, por favor?

—Perdona. —Hundió la barbilla—. Sé que eres más que eso. A veces mi mente es demasiado... clínica para los demás.

—¿No me digas? —repuse con sequedad.

Ella no pareció percibir mi sarcasmo, así que asintió.

—Que el rey sea el padre me deja más tranquila sobre los riesgos que supondrá el embarazo para ti. Incluso me atrevería a decir que llegará a término.

«Llegar a término».

Su forma de hablar estaba empezando a sacarme de quicio. Bajé la mirada y me di cuenta de que seguía vestida con la misma bata blanca y esponjosa.

—¿Será... muy distinto de un embarazo normal?

Luce pareció ponderar mi pregunta.

—No sabría decirte. Pocos antiguos han fecundado a una humana. Lo que puedo contarte es cómo son los embarazos para los faes.

No sabía si quería saberlo, pero asentí igualmente.

—La duración es más o menos la misma que para los humanos: nueve meses. Pocos faes nacen prematuros sin que haya una causa física, como una lesión —explicó—. La mayoría sienten náuseas durante los primeros dos meses aproximadamente.

Ahora mis vómitos cobraban sentido. Creí que se debía al trauma y a que mi estómago seguía adaptándose a la comida.

—La posibilidad de aborto solo existe en los primeros dos o tres meses —prosiguió—. En ese aspecto tenemos muchísima más suerte que las humanas.

Pues sí.

—La progresión del feto es relativamente igual que la de un humano. —Luce entrelazó sus manos—. Ahora que lo pienso, nuestros embarazos son más tranquilos, así que imagino que el tuyo será igual.

No me di cuenta de que había bajado la mano hasta apoyarla en mi vientre. Aún lo tenía plano, más de lo que lo había tenido nunca.

Luce me contempló como si fuese una criatura extraña que veía por primera vez.

—Te has tomado la noticia muy bien.

—¿Ah, sí? —Me reí—. Creo que es porque no me parece real, y después de lo que he pasado... No sé. Quizá no lo he procesado todavía. —Desvié la mirada hacia la puerta cerrada—. Y tampoco puedo hacer nada para cambiarlo.

—Hay opciones, Brighton.

Clavé los ojos en ella.

—Las mismas que para las humanas —añadió en voz baja.

Me quedé a cuadros. No por lo que estaba sugiriendo —me aliviaba oír que las faes tuvieran elección—, sino por que hubiese sacado el tema sabiendo quién era el padre.

Entonces pensé en cómo había palidecido cuando me preguntó si el rey podría ser el padre.

—¿Qué pasaría si el rey no eligiese reina?

La única reacción visible fue la tensión alrededor de la boca de Luce.

—Lo destronarían y, como ya ha ascendido al trono, su hermano no podría ocupar su lugar. Nos quedaríamos sin rey.

—La corte se debilitaría... Sería vulnerable ante un ataque de los faes de invierno —deduje.

Luce tomó aire de golpe y asintió.

—Sería... catastrófico para todos.

Tatiana no me había mentido.

Pero, bueno, tampoco pensaba que lo hubiera hecho.

—¿Por eso dices que tengo opciones? —pregunté. Sabía que Luce no tenía ni idea de que Caden ya había roto el compromiso con Tatiana—. ¿Porque mi hijo y yo podemos impedir que Caden se case con una fae?

Ella abrió los ojos como platos.

—Solo te informo de las opciones porque es mi deber como sanadora. Lo que yo sienta personalmente no influye en tu decisión.

La creía. Luce parecía ser, tal y como ella había dicho, demasiado clínica.

—Pero crees que seremos un impedimento, ¿verdad?

—Lo que yo piense no forma parte de mi deber, Brighton.

—Lo que está pasando podría afectar a tu futuro —insistí.

Apartó la mirada y apretó los labios en una fina línea. Se quedó callada durante tanto rato que no creí que fuese a responder.

—Creo que nuestro rey sabe lo importante que es para todos nosotros. No nos fallará.

El corazón me dio un vuelco. Pese a saber lo importante que era su deber para Caden, me había elegido *a mí*. Se me cayó el alma a los pies porque iba a defraudarlos.

Desvió su mirada hacia mí otra vez.

—Tatiana ha estado aquí antes que yo. Imagino que se habrá dado cuenta de lo que el rey siente por ti. No creo que hayas pasado más que unos pocos minutos con ella e imagino que te ha puesto al corriente de lo que sucederá si el rey no elige a una reina.

No le veía el sentido a mentir, así que asentí.

—¿También te ha dicho que, aunque algunos faes deciden ser monógamos, no vemos con malos ojos las relaciones que empiezan con una persona y terminan con otra? Sobre todo para el rey, cuyas obligaciones podrían no coincidir con su corazón.

—Sí, pero... —La mente me iba a mil por hora—. ¿Estás sugiriendo que Caden podría casarse con una fae y también quedarse conmigo y con... el bebé?

—Así es. No obstante, también tendría que procurar un heredero —dijo. Antes de que pudiera preguntarle, añadió—: Estoy segura de que tu hijo será fae, pero solo los del rey y la reina pueden considerarse príncipes o princesas.

—¿Seguís en la época medieval o qué? —repliqué.

Levantó las manos con impotencia.

—En fin... ¿Estarías de acuerdo con tener una relación así?

—¿Insinúas que seré la amante del rey y que mi hijo jamás será reconocido?

—Estoy segura de que todos querrán y cuidarán mucho de tu hijo o hija —me interrumpió—. No somos *tan* medievales.

Jamás pensé que fuese a responder una pregunta así.

—No —dije, y era la verdad—. No es que las relaciones poco ortodoxas me parezcan mal. La verdad es que me importan una mierda. Pero creo que no podría hacerlo. Ni siquiera intentarlo, ya puestos.

Luce abrió la boca y la cerró. Pasaron varios instantes.

—No tienes por qué decidir nada ahora mismo.

—Al contrario. —Cerré los ojos un momento—. Me refiero a que ya lo he decidido. Voy a tener al... bebé. —Me puse de pie con las piernas temblorosas y la mirada de Luce se tornó cauta—. Soy pro-haz-lo-que-te-dé-la-gana. Pero yo no puedo hacerlo.

Y no lo haría.

Bajé la mirada hacia la bata blanca a la vez que se me formaba un nudo enorme en la garganta. Estaba embarazada del hijo del rey. De *nuestro* hijo. Sería lo único que tendría nunca de Caden. Un trocito precioso de él. Una prueba de que nuestro amor fue real, aunque no tuvimos oportunidad de explorarlo más.

Porque no podía arriesgar la seguridad del mundo.

Ni siquiera por amor.

Capítulo 2

Luce me miraba como si fuese a desmoronarme en cualquier momento, cosa que podría suceder. Empecé a pasearme delante del sofá y sentí que cada paso que daba era igual de inestable que el de un niño aprendiendo a andar.

Algo que tendría que enseñarle a mi bebé en un futuro.

Ay, Dios.

Tendría que enseñarle a comer, a cepillarse los dientes, a sentarse y...

—Entonces, ¿qué vas a hacer? —preguntó Luce.

Buena pregunta. ¿Qué iba a hacer? ¿A quién podía pedirle consejo? Tenía muy pocos amigos y ninguno con hijos. No podía quedarme aquí. Marcharme sería muy duro; nunca había estado en otro sitio, pero tenía que mudarme. ¿A dónde? Ni idea. Estaba casi segura de que la Orden aceptaría mi traslado, sobre todo tras lo sucedido. ¿Y después qué? ¿Sería madre soltera de un hijo fae?

Una madre soltera que tal vez perdiera la cabeza.

Eso supondría un problema.

Me froté una ceja sin dejar de pasearme.

—No sé qué hacer, pero no puedo... quedarme aquí.

Ella enarcó las suyas.

—¿Te refieres a durante el embarazo? Supongo que el rey querrá que te quedes con él...

—Caden no puede enterarse.

Me detuve y bajé la mano.

Luce parpadeó varias veces.

—¿No vas a decírselo?

El corazón me iba a mil.

—No, no puedo.

—¿Crees que no se alegrará de ser padre? No lo conozco bien...

—No es por eso.

La verdad era que no sabía si se alegraría o no. No habíamos podido hablar de eso precisamente.

Frunció el ceño.

—Sé que debes de sentirte muy confundida. Has pasado por muchas cosas y ahora esto...

Y tanto, pero eso lo tenía muy claro: Caden no podía enterarse.

—Sobre eso no tengo dudas: Caden no puede enterarse. Tú eres como los médicos humanos, ¿no? Me dijiste que lo que te contase y mi estado quedaba entre nosotras. No se lo dirás a Caden, ¿verdad?

—Jamás traicionaría la confianza de un paciente, pero tampoco la de mi rey —respondió. Sentí una opresión en el pecho—. ¿Quieres que le oculte lo del bebé?

Su incredulidad, así como su opinión, quedaron patentes en su tono de voz.

—Acabas de decirme que tu opinión no importa —le recordé—. Aunque es evidente que la tienes.

—Lo cierto es que sí. —Luce se levantó con la elegancia de una bailarina—. Pero si pretendes tener el bebé no esperarás que se lo oculte a mi rey, ¿no?

—Ah, entonces si aborto, ¿no se lo dirías? —la reté.

—Yo no he dicho eso.

Me quedé boquiabierta.

—Creo que no entiendes el concepto de secreto profesional.

—Y yo creo que tú no entiendes lo que implica ser la súbdita de alguien.

Tenía razón, no lo sabía, pero eso no cambiaba nada. Necesitaba convencerla de que mantuviese el pico cerrado, una tarea nada fácil puesto que no tenía ni idea de qué hacer.

—¿Puedes darme un momento para que piense?

—Te hará falta algo más que un momento, Brighton.

Me pellizqué el puente de la nariz y barajé las opciones como si fueran rutas de escape para los miembros de la Orden.

—No tengo intención de ocultarle el bebé para siempre, jamás le haría algo así —decidí—. No sería justo ni para Caden ni para el bebé.

—Me alegro. —Se cruzó de brazos—. Pero eso contradice lo de que no puede enterarse.

—No puede enterarse *ahora*.

—Brighton...

—No lo entiendes, Luce. No puede enterarse ahora, ¿vale? Se lo diré, pero no ahora.

—¿Cuándo?

—Cuando llegue el momento.

Luce se me quedó mirando un instante y luego agachó la mirada y asintió.

—De acuerdo.

Me tensé. Era mentira. Tal vez no se lo dijera ya, pero lo haría en cuanto pasase el tiempo que ella considerara conveniente. Me cabreaba no poder mantenerlo en secreto, pero también entendía que desconocía muchas cosas sobre servir a un rey o ser fae. No podía esperar que obedeciesen las reglas humanas. Aun así, tenía que detenerla, y solo se me ocurría una forma de hacerlo.

—Ha roto su compromiso —le dije.

—¿Qué? —exclamó con los ojos entrecerrados.

—Ha roto su compromiso con Tatiana. —Me senté. De repente me noté agotada—. Me... me ha elegido a mí. —Se me quebró la voz y me froté la cara—. Ya ha tomado una decisión.

Luce se tambaleó hacia atrás y se desplomó en el sofá. En otras circunstancias me habría reído al verla tan desgarbada, pero ahora mismo no me hacía mucha gracia precisamente. Comprendió lo que le había dicho.

—Me lo ha dicho Tatiana. Por eso ha venido. No por celos, o al menos a mí no me lo ha parecido. Hasta estaba conforme con que formase parte de su vida siempre y cuando él se casase con una fae. —Las lágrimas me nublaron la vista—. No lo sabe nadie más. Caden pensaba anunciarlo justo después de que Tatiana y su hermano se hubiesen ido.

Se le desencajó la mandíbula.

—Entonces supe que... no podía permitirlo. Lo amo... —Inspiré con brusquedad—. Quiero ser su única opción, pero no puedo ser la razón por la que el mundo se vaya a la mierda.

Luce no respondió.

—En cuanto comprendí lo que me había dicho Tatiana, supe que tenía que... no sé, hacerle creer que no quería estar con él. Y que tenía que marcharme. —Me limpié una lágrima—. Tener un hijo con él no cambia nada, Luce. Enterarse de que va a ser padre no hará que tome la decisión correcta.

Ella permaneció en silencio.

Tomé aire de nuevo.

—Así que en cuanto elija a su reina y se case, le contaré lo del bebé. Te lo prometo. No sería justo ni para el bebé ni para él. —Sentía como si el corazón se me estuviese rompiendo en pedazos—. No quería decir nada, pero tienes que entender por qué no puede enterarse ahora. Dime que lo comprendes, por favor.

Luce se me quedó mirando.

Empecé a preocuparme a medida que pasaron los segundos. Me recliné en el asiento.

—¿Estás... bien?

Por fin reaccionó. Parpadeó. Algo era algo.

—Eres su *mortuus* —susurró.

El corazón me dio un vuelco. Era la *mortuus* de Caden. Su corazón, su todo, su mayor debilidad. Podrían hacerle cualquier cosa a través de mí. Aric se había dado cuenta al descubrir que me había dado el beso de verano.

—¿Por qué lo dices?

—Es la única razón por la que condenaría a su corte. —Luce se pasó una mano temblorosa por el pelo—. Es algo que va más allá del amor, más allá de lo que cualquiera de nosotros pueda llegar a comprender. —Sus ojos claros brillaban de asombro—. Es una conexión a nivel emocional y espiritual. Que un fae encuentre a su *mortuus* es muy raro, y que encima sea humana... —Se calló y sacudió un poco la cabeza para despejar su expresión sorprendida—. Nadie puede enterarse de lo que significas para él. Es demasiado peligroso. Aquí estás a salvo, pero si alguien llegara a enterarse...

—Lo sé. —Aric tal vez se lo hubiese dicho a Neal, que seguía en paradero desconocido. Y si alguien de la corte de verano realmente lo estaba ayudando, también lo sabría. A lo mejor Aric sí que me había dicho que se lo había contado a alguien, pero no lo recordaba. Como se había alimentado de mí...

Aparté aquellos pensamientos de mi mente.

Luce me estaba mirando como si fuese una criatura extraña.

—A veces el destino es tan cruel.

—Pues sí —susurré.

Bajó la mirada y se quedó callada.

—¿Me estoy equivocando? —pregunté con curiosidad—. ¿Hago mal en alejarme de él y ocultárselo hasta que se case?

—No. —Se levantó y se sentó a mi lado. Me sorprendió cuando me agarró la mano—. Eres admirable, Brighton. Más que muchos faes. Has sobrevivido a algo a lo que muchos, demasiados, han sucumbido. Y anteponer a mi gente a tus necesidades y sacrificar lo que sientes por el rey por faes que jamás sabrán lo que has estado dispuesta a sacrificar... Te hace tan valiente como cualquier guerrero, si no más.

Parpadeé para contener las lágrimas. Luce no se hacía una idea de lo mucho que significaban esas palabras para mí. Mucha gente dudaba de mi fuerza o de mi competencia, de que fuera valiente. La Orden no creía en mí. Ni siquiera Miles, su líder. Hasta que me secuestraron y sobreviví, Ivy no se dio cuenta de que ya no era la Brighton tímida y callada que solo servía para investigar.

Luce me dio un apretón en la mano.

—No diré nada y te ayudaré en lo que pueda, pero, Brighton, siéndote sincera...

Me tensé.

—No sé si será suficiente. Me temo que lo hecho, hecho está.

La inquietud me embargó.

—¿A qué te refieres?

Luce me miró fijamente.

—Creo que no podrás alejarte del rey. Nada de lo que hagas lo instará a que elija a una reina que no seas tú. Eres su *mortuus*, la otra mitad de su alma y de su corazón. No creo que vaya a dejarte ir. Jamás.

CAPÍTULO 3

Tras una encarnizada lucha de voluntades entre Luce y yo, me prometió que no se opondría a que me fuera del Hotel Faes Buenos siempre y cuando yo accediera a quedarme en observación hasta el viernes y a verla la semana siguiente en la clínica en la que trabajaba para que me hiciese una ecografía y un análisis de sangre. Como era lunes, me quedaban cinco días antes de poder marcharme a casa. Cinco días en los que estaría en el mismo edificio que el hombre al que amaba pero no podía tener.

No me hacía mucha gracia, pero di mi brazo a torcer. Mi cuerpo y mi mente habían pasado por mucho y con este último desarrollo de los acontecimientos necesitaba estar en un lugar donde Luce pudiera tenerme controlada.

El alivio por que fuese a guardarme el secreto superaba la irritación de tener que quedarme aquí. Mientras me vestía con un par de pantalones de chándal anchos y una camiseta que Ivy me había traído, no dejé de darle vueltas a lo que Luce me había dicho.

¿Tenía razón? ¿Caden jamás me dejaría marchar?

Me recogí el pelo en una coleta con manos temblorosas. En parte me encantaba oír que Luce creía que Caden sentía algo muy intenso por mí. Que no permitiría que lo alejara de mi lado. Esa misma parte era la egoísta que no dejaba de dar saltos ante la posibilidad de que Caden luchase por mí. Por nosotros. A la otra mitad le aterrorizaba todo lo que estaba en juego.

Me detuve en mitad de la habitación y bajé la mirada. «Estoy embarazada». Un escalofrío me puso los vellos de punta. Con las manos aún temblando, me levanté la camiseta. Traté de ver más allá del vientre ahuecado y las antiguas cicatrices blancas del primer ataque de Aric, así como los cortes rojos y recientes que me cubrían casi todo el abdomen. Ahora mismo ahí dentro había un... bebé. Mi hijo.

Nuestro hijo.

Una avalancha de emociones me sobrecogió. Apenas fui capaz de diferenciar el miedo a lo desconocido de lo que debía hacer.

Si las cosas fuesen diferentes, seguiría aterrorizada. Nunca me había planteado tener hijos. Primero tuve que cuidar de mi madre y luego vino mi necesidad de vengarme. No había tenido ninguna relación seria estos últimos años, aunque tampoco era algo en lo que realmente había pensado. Así que sí, seguiría asustada. Me preguntaría si sería capaz de cuidar de un bebé. No tendría ni idea de si sería una buena madre, pero la repentina emoción que había sentido hacía unos segundos tampoco habría perdido fuerza por culpa del miedo, sino que continuaría creciendo, y tal vez parte de esa inquietud disminuiría con el tiempo. En vez de pensar en cómo conseguir que Caden entendiera que debía estar con otra persona, estaría obsesionándome con cómo darle la noticia. No estaría tratando de ingeniármelas para marcharme, ni de pensar a dónde ir. Me estaría preocupando de cosas normales como, por ejemplo, cómo se tomaría Caden la noticia. ¿Se alegraría? ¿Se asustaría? ¿Estaría decepcionado? Si las cosas fuesen distintas, no tendría que verme en la obligación de ocultarle el embarazo.

Dios, eso dolía. Odiaba tener que ocultárselo. Yo no era así, pero no me quedaba otra. Era lo bastante pragmática como para entender que estas eran las cartas que me había repartido la vida, por muy injustas que fuesen.

Apoyé una mano en mi vientre y me encogí de dolor al sentir el escozor de los cortes. Los hechos eran los siguientes: estaba embarazada del hijo del rey de la corte de verano. Nos amábamos. Sin embargo, el destino del mundo dependía de que se casara con una fae. Sabía que no sería capaz de compartirlo, aunque se casara y tuviera que acostarse con esa persona por obligación. No podría. Teníamos que priorizar el mundo. No sabía cómo, pero debía conseguir que Caden lo entendiera. Y más importante aún, había otros asuntos más urgentes que tratar. Aric estaba muerto, sí, pero Neal seguía por ahí. Tal vez no fuese tan poderoso ni tan inteligente como Aric, pero no creía que hubiera huido, como Caden pensaba. Y aunque lo hubiese hecho, seguía quedando el tema de que alguien de la mismísima corte de verano estaba confabulado con los faes de invierno. Tenía que buscar a Caden y decirle lo que había recordado antes de intentar hacerlo entrar en razón y buscar el modo de conseguir que hiciese lo correcto.

Me solté la camiseta y observé cómo la prenda caía de nuevo y me cubría la piel. Fue entonces cuando me percaté de que estaba llorando. Me sequé las mejillas con brusquedad, lo cual hizo que los moratones que aún no se habían curado del todo me doliesen.

—Tranquilízate —me dije, y me obligué a respirar hondo—. Tienes que tranquilizarte, Bri.

Y lo hice. Me llevó un rato, pero fui capaz de hacer lo mismo que cuando Aric me tenía secuestrada: bloqueé mis emociones y las encerré en lo más hondo de mi ser. Solo entonces me puse unas chanclas que Ivy me había traído y salí de la habitación.

El pasillo hasta el ascensor estaba vacío, menos mal. Entré y pulsé el botón de la planta baja. No tenía ni idea de en qué habitación se estaría quedando Caden, pero si estaba yendo de aquí para allá seguro que estaba en el despacho de Tanner o cerca de allí. Si no, Tanner probablemente me diría dónde estaba. Me pasé el trayecto sin permitirme pensar en nada.

En cuanto las puertas se abrieron, me llegó un misterioso olor dulzón que se dividía en tres direcciones. El estómago me gruñó. En la zona de la cafetería había una pastelería, así que seguro que acababan de reponer algo. Con gran esfuerzo, me obligué a girar a la derecha en vez de ir directamente hacia allí. Recorrí el vestíbulo bien iluminado y al llegar a la esquina...

Me topé con varios faes de piel plateada. No reconocí a ninguno, pero su sorpresa al verme fue evidente. No tenía ni idea de si sabían quién era, pero lo que seguro que sí vieron fue a alguien que parecía haber tenido un cara a cara con un boxeador profesional y hubiese perdido. Tenía el ojo izquierdo abierto, más morado que rosa, y el párpado muy hinchado. La hinchazón se había reducido un poco más hacia mi mejilla, pero aún parecía como si tuviera comida metida en la boca. El corte en mi labio inferior no tenía tan mal aspecto como esta mañana, pero se veía feo.

Y luego estaba el moratón que me rodeaba el cuello.

Uno de los faes, un muchacho joven, se lo quedó mirando y caí en la cuenta de que tendría que haberme dejado el pelo suelto. O haberme puesto un jersey de cuello vuelto. O un pasamontañas.

Pasaron a toda prisa por mi lado sin decir nada y yo proseguí con los ojos fijos en la puerta abierta del despacho de Tanner. En el techo una de las luces de plafón parpadeó...

«¡Dilo!».

Me detuve de golpe. El aire se me atascó en la garganta mientras la voz de Aric retumbaba en mis oídos y a mi alrededor. No estaba aquí. Lo sabía. Estaba muerto y yo había escapado de aquel terrible lugar. Estaba a salvo. Lo había matado. Estaba...

«¡Dilo!».

Me llevé las manos a los oídos en un intento por acallar el grito de Aric, pero el pasillo a mi alrededor se había oscurecido. Las paredes se habían convertido en muros de ladrillo mohoso y húmedo. Respiré hondo y en vez de percibir aquel aroma dulce, solo quedó el olor a moho y a putrefacción. A sangre. Me tambaleé hacia delante y unas cadenas tintinearon; aquel peso insoportable alrededor de mi cuello. «No estoy allí, no estoy allí». El suelo se transformó bajo mis pies y fue como si mis rodillas chocasen con la piedra, aunque apenas sentí dolor. El frío aliento de Aric me rozó la mejilla.

—Dilo —me ordenó, y su voz reverberó tanto a mi alrededor como en mi interior—. Di por favor.

—No. No. No —susurré, doblándome hacia delante.

Unas manos tocaron mis hombros y yo me encogí, a la espera del dolor que las seguiría. Ya no lo soportaba más. Ya no lo aguant...

Una voz penetró aquella sensación de terror, una voz profunda y amable. Tranquilizadora. Juraría que la conocía. Quienquiera que fuese había dicho algo. Un nombre. «Brighton». Más palabras. «Abre los ojos». Me agarré el pelo sobre mis orejas. Ya había oído esas palabras. «Abre los ojos, lucero».

Lucero.

Eso... Había algo. Algo ligado a esa palabra. Emociones. Felicidad. Tristeza. Seguridad.

Unos brazos me rodearon y sentí como si flotase durante unos cuantos segundos antes de notar algo duro y cálido contra mi piel. Se movía. Subía y bajaba a un ritmo regular contra uno de mis costados mientras una voz susurraba:

—No pasa nada. Estoy aquí. Te tengo. Te tengo.

Unos dedos envolvieron mis muñecas. Estaban calientes, no como los de Aric, que siempre los tenía fríos como el hielo. Me centré en la sensación de esos dedos sobre mi piel mientras me apartaban poco a poco los míos de los oídos. No era Aric. Él estaba muerto. Yo lo había matado. No estaba allí, lo sabía. Me bajaron los brazos hasta mi regazo. No quería mirar porque tenía la sensación de que ya había oído esto. Y una vez... una vez no había sido real.

¿Y si nada era real?

A lo mejor seguía estando en aquel lugar oscuro, frío y húmedo encadenada a la losa. Mi corazón se aceleró a la vez que un ruido ronco escapó de mis labios.

Aquellos dedos cálidos me rozaron la mejilla y yo hice el amago de apartarme, pero seguidamente sentí una caricia amable.

—Abre los ojos por mí. —Ahí estaba esa voz otra vez—. Por favor, abre los ojos para que veas y sepas que soy yo el que te está abrazando y tocando. Que estás a salvo. Abre los ojos, lucero.

Lo hice y me vi reflejada en dos pozos de color ámbar; no los ojos fríos de Aric, ni los azul claro de cualquier fae normal, sino unos ojos cálidos y dorados con pestañas largas y gruesas. Bajé la mirada por su nariz prominente y recta, por sus labios carnosos y expresivos y luego por su mandíbula esculpida y los mechones de pelo rubio que descansaban contra sus pómulos marcados.

Me acunó las mejillas con cuidado de no hacer fuerza en el lado izquierdo y me obligó a mirarlo otra vez.

—Te llamas Brighton Jussier. Tus amigos a veces te llaman Bri. Tink te llama Light Bright —dijo sin apartar la mirada de mis ojos—. Yo te llamo lucero. ¿Sabes por qué? Porque te vi sonreír y fue como si por fin saliera el sol después de siglos de oscuridad.

Un escalofrío me recorrió de pies a cabeza. Cuando volví a respirar, el olor a lluvia y a las noches cálidas y largas de verano me embargó.

Fue como despertar de una pesadilla con los ojos abiertos. Estaba atrapada en un lugar y de repente me encontraba aquí.

Sabía quién era.

Dónde estaba.

Y también sabía quién me estaba abrazando.

El rey.

Caden.

Capítulo 4

Por imposible que pareciera, en cuanto Caden sonrió todo pensamiento abandonó mi mente.

Ya era despampanante de por sí, pero cuando sonreía se convertía en un hombre arrebatador. Todo lo que nos había llevado hasta este momento quedó en un segundo plano. Solo estábamos Caden y yo, su cuerpo cálido contra el mío y sus manos sosteniéndome con muchísimo cuidado.

«Voy a tener a su bebé».

No supe quién se movió primero, si él o yo. O ambos. Lo importante fue que nuestros labios se encontraron. Me quitó el aliento. Fue mucho más consciente que yo del corte en mi labio inferior e hizo la presión exacta para no hacerme daño. Parecía un primer beso y, en parte, lo era. Nuestro último beso así había sido hacía meses. Una eternidad. Antes de Aric, antes de ciertas cosas urgentes que era incapaz de recordar entre tanto pensamiento difuso.

Dejé de pensar y me limité a sentir cuando me abandoné a él. Caden fue extremadamente cuidadoso y evitó tocarme en las zonas que me molestaban o dolían. Bebió de mis labios con besos lentos y embriagadores que calentaron mi cuerpo y alejaron la frialdad de lo que acababa de ocurrir.

Su sabor era delicioso. Llevó una mano a mi cadera y sentí la tensión en el movimiento, como si quisiese agarrarme y abrazarme con fuerza pero se estuviera reprimiendo.

Caden y el beso... Ambos fueron cuidadosos y cariñosos. Sentí algo incipiente en el corazón y cierta crudeza en el alma. Ya no me hacía falta fantasear con que me besase alguien que me quisiese y me valorase, porque así fue como me besó en ese momento. Fue una de las revelaciones más bonitas y dolorosas que había tenido.

Todos aquellos pensamientos difusos empezaron a recomponerse y a recordarme qué había pasado antes.

No deberíamos estar haciendo esto. Había demasiado en juego. Necesitaba distanciarme de Caden, no besarlo.

Caden rompió el beso antes de que yo tuviera el sentido común de hacerlo. Se apartó lo bastante como para pegar nuestras frentes. Sentía su corazón latir con fuerza contra mi brazo.

—Echaba de menos dejarte sin aliento y tu sabor en mi lengua —murmuró.

Me embargó el calor y quise dejar que me sofocase; así no tendría que preocuparme por las consecuencias.

Dios.

No tendría que haberle dejado besarme.

O más bien no debería haberlo besado yo.

Me hormigueaban los labios y otras partes del cuerpo, algo que no necesitaba para hacer lo que estaba a punto de hacer. Tenía que poner la mayor distancia posible, pero tanto mi cuerpo como mi corazón discrepaban. Me incliné hacia delante y apoyé la mejilla sana contra su hombro. Caden no dudó, me abrazó. Suspiré sin poder evitarlo. Me abrazó con tanto cuidado, preocupándose por el dolor. Me sentía a salvo en sus brazos, como si ni el pasado ni el futuro pudieran afectarme, ni siquiera el miedo atroz de terminar como mi madre o el saber que tenía que alejarme de Caden. Estaba protegida, querida. A salvo.

Caden pasó una mano por mi coleta y después por mi espalda. La caricia rítmica de su mano fue reconfortante. No supe el tiempo que pasé disfrutando de su calor, de su cercanía.

—Te he echado de menos, Brighton —dijo al final.

Sentí como si una mano se colara en mi interior y me apretase el corazón. El calor de antes se transformó en la fría y dura realidad.

Caden alzó la cabeza y me contempló como si fuese perfecta. Volvió a esbozar una sonrisa, pero no le llegó a los ojos. Transmitían preocupación, algo que odiaba.

—¿Cómo te encuentras?

Desvié la mirada hacia el trozo de piel dorada sobre el cuello de su camisa negra.

—Bien.

—¿De verdad?

Asentí, aunque me dio la sensación de que intuía la verdad.

—Tengo muchas preguntas que hacerte.

No me extrañaba.

—La más importante es: ¿qué haces fuera de la cama?

Parpadeé. ¿Esa era la más importante? Me había encontrado en un pasillo sufriendo una alucinación, ¿y me preguntaba qué hacía fuera de la cama? Empecé a apartarme al recordar que necesitaba mantener las distancias, pero la mano en mi espalda me lo impidió.

No le dije nada. Podría haberlo hecho y sabía que, de insistir, me dejaría marchar, pero no lo hice. «Solo un poco más», pensé.

—Te estaba buscando —confesé.

—Me halagas —murmuró al tiempo que me acariciaba el pelo con la otra mano—. Pero deberías estar descansando y tomándotelo con calma. Y eso no incluye dar paseos por el hotel.

—No estaba paseando. —Alcé los ojos hasta él—. Me encuentro bien.

Caden se me quedó mirando.

Suspiré y rectifiqué.

—Me encuentro bien físicamente.

Él se reclinó un poco y me di cuenta de que estábamos sentados en un sofá en una de las salas de juntas cerca del despacho de Tanner. Yo me encontraba encima de él y con las piernas en el cojín junto a nosotros.

—¿Quieres contarme lo que te ha pasado?

La verdad era que no, pero Caden ya me había visto peor en aquella cámara subterránea.

—No sé qué me ha pasado. He bajado para contarte algo y una de las luces del techo ha parpadeado. —Arrugué la nariz, volví a desviar la mirada y la centré en un ramo de lirios rosas y morados—. La verdad es que ni siquiera sé si la luz ha parpadeado de verdad o no.

—En el despacho de Tanner sí. Creo que ha sido una subida de tensión —explicó.

Me alivió un poco que no fuese fruto de mi imaginación.

—Después de lo de la luz, yo...

—¿Qué? —me instó con suavidad.

Me sonrojé.

—Oí la voz de Aric. —Fui consciente de que detuvo la mano en cuanto mencioné al fae de invierno, pero me obligué a seguir hablando—. Sabía que no estaba aquí, pero fue como si... la alucinación me absorbiera. No sé si la ha provocado la luz o qué. Creo que mi madre no tenía ningún detonante en particular. No he podido disiparla. —Me estremecí—. Sabía quién era, igual que mi madre, pero no he sido capaz de saber dónde estaba ni qué era real y qué no. No... —Exhalé de forma brusca y sacudí la cabeza—. No es la primera vez que oigo su voz o alucino. Mientras estuve allí imaginé muchas cosas. Mi madre al principio no estaba tan mal, fue empeorando con el tiempo.

Caden reanudó el movimiento de la mano.

—Ya sé que lo sabes, pero alimentarse repetidamente de una persona puede causar estragos en su mente fácilmente.

Lo sabía, sí. Aunque no lo hubiera vivido de primera mano con mi madre, lo veía todos los días en las calles de Nueva Orleans. Los humanos paseaban sin rumbo. A algunos los tomaban por adictos y otros terminaban convirtiéndose en criaturas violentas e incontrolables. Eso era lo que sucedía cuando un fae alteraba la mente de los humanos con demasiada frecuencia.

—Sé que temes acabar como tu madre, pero eres más fuerte de lo que crees.

—Mi madre era la persona más fuerte que conocía.

—Lo sé, pero tú eres diferente. No eres del todo humana —dijo Caden en voz baja. Clavé mi mirada en la suya. El beso de verano—. Te recuperarás. Los moratones y los cortes sanarán. Solo necesitas tiempo, y lo tienes.

Dios, quería aferrarme a aquello y creerlo, pero no sabía si me lo decía para que tuviera esperanza o porque era verdad. Lo cierto era que no tenía tiempo, había asuntos importantes que tratar.

Como, por ejemplo, lo que llegaría dentro de más o menos siete meses, semana arriba semana abajo.

Sentí la tensión asentarse en mis hombros y tuve que cambiar de tema. Si no, era capaz de soltárselo todo de golpe.

—¿Qué pasa? —preguntó al tiempo que me levantaba la barbilla para que lo mirase.

El corazón me dio un vuelco.

—¿A qué te refieres?

—Estás preocupada —dijo—. Y no me refiero a lo que ha pasado. Es algo que no me has contado.

Se me secó la boca y entré en pánico. Me costó tragar saliva.

—Entiendo que tengas miedo. —Pasó el pulgar por la curva de mi barbilla—. También percibo tristeza. La siento en tu piel. Has pasado por mucho, lo sé, pero es algo distinto. No estabas así cuando te he dejado antes, y las otras veces tampoco.

Me quedé helada. Era imposible que lo supiese. Caden podía sentir las emociones, lo que significaba que costaba ocultarle las cosas, pero que yo supiera no podía leer la mente.

Traté de buscar una explicación a toda prisa. Por suerte, recordé por qué había venido en su busca. Si lo que Aric decía era cierto, tenía motivo para estar triste. Me aferré a aquello.

—Eso venía a contarte. He recordado...

Llamaron a la puerta suavemente y me interrumpieron.

—¿Va todo bien, majestad? —dijo la voz de Tanner.

—Sí. Iré a verte en cuanto pueda —repuso Caden con un gruñido sin apartar la mirada de mí.

—¡Espera! —grité al tiempo que me levantaba del regazo de Caden. Él frunció el ceño, pero yo no le preste atención ni a él ni al pinchazo de dolor que sentí.

—Estoy... estoy esperando —murmuró Tanner con vacilación desde el otro lado de la puerta.

—No hemos terminado de hablar —dijo Caden.

—Esto también lo incumbe. —Y era cierto. Además, dudaba que Caden siguiera preguntando sobre lo de antes con Tanner presente. El fae mayor era una distracción excelente—. Entra, por favor.

La puerta no se abrió. Miré a Caden, confusa, y este suspiró.

—Está bien —anunció mientras posaba el brazo sobre el respaldo del sofá—. Entra, Tanner.

Enarqué las cejas.

—¿En serio?

Él me guiñó el ojo.

—Soy el rey.

—En fin —murmuré cuando se abrió la puerta.

Tanner entró vestido como si fuese a jugar al golf: con unos pantalones beis y un polo azul claro perfectamente planchados. Lo único que le faltaba era el guante. Se le veía tan... humano. Cada vez tenía más canas, prueba de que no se alimentaba de los humanos. A veces me preguntaba si a mi madre le había empezado a gustar, y ella a él. A mamá le caía bien, así que confiaba en él.

Tanner no venía solo.

Una fae de pelo oscuro lo seguía. La piel perlada de Faye era más oscura que la de Tanner y a menudo me recordaba al peltre. Faye tenía la mejor cara de amargada que hubiera visto nunca y muchas veces dudaba de que le cayera bien, pero era sensata y confiaba en ella. Al igual que Kalen, otro fae, era guerrera. No se alimentaban de los humanos, así que resultaban más fáciles de matar que los que sí, pero seguían siendo más rápidos y fuertes que los humanos.

El primo de Faye, Benji, era uno de los jóvenes desaparecidos y sospechaba que jamás volvería al hotel. Era bastante probable que él, al igual que los demás, hubiesen tomado el aliento del diablo, una droga derivada del árbol de las trompetas que convertía a los humanos en zombis y a los faes en criaturas controladas por la corte de invierno.

—Lamentamos interrumpir —saludó Tanner. Colocó las manos a la espalda y me miró—. Estábamos preocupados.

—Oímos gritos en el pasillo —explicó Faye.

Eso explicaba cómo me había encontrado Caden.

—Estoy bien.

Faye enarcó una de sus cejas oscuras.

—Pues no lo pareces.

No me sentí ofendida por lo directa que fue.

—Me encuentro mejor de lo que parece.

—Eso espero —murmuró Tanner.

Faye se dirigió a donde me encontraba de pie y me miró. Me tensé y me obligué a no encogerme ni retroceder. No por Faye, sino porque Aric me había enseñado a que me mostrase cauta con cualquiera que se acercase demasiado. Fui consciente de la tensión que emanaba de Caden cuando ella posó la mano en mi hombro y no me moví.

—Me he enterado de que mataste a Aric.

—Sí.

Le brillaban los ojos.

—La próxima vez que necesite refuerzos, ya sé a quién llamar.

El orgullo me sobrevino. Faye jamás había dudado de mi capacidad para luchar y para defenderme a pesar de creer que mis ansias de venganza solo eran un peligro. No me veía simplemente como Willow en *Buffy, cazavampiros*, algo de lo que Ivy había tardado en darse cuenta.

—No sé cómo tomarme eso —repuso Caden.

—Me alegro de que no tengas ni voz ni voto en lo que hago o dejo de hacer —espeté.

Tanner abrió los ojos como platos y el brillo en los de Faye se intensificó.

—Pero sí en lo que hace ella —contraatacó Caden.

Lo fulminé con la mirada y él sonrió como respuesta. Entonces recordé lo que me había dicho. Ivy y Faye me habían cambiado los vendajes mientras había estado inconsciente.

—Gracias por cuidar de mí.

Ella inclinó la cabeza.

—Tú habrías hecho lo mismo por mí, ¿no?

—Por supuesto.

—Eso es lo que hacen los amigos, ya sean humanos o faes —añadió con una leve sonrisa mientras yo ponía los ojos en blanco—. Y lo que importa es lo que hacemos unos guerreros por otros.

Guerreros.

Se refería a mí.

Ya iban dos veces en las que se refería a mí como guerrera y me gustaba. Me gustaba mucho.

Tanner reemplazó a Faye y me tomó de las manos.

—Me alegro de verte. No perdimos la esperanza de que regresaras, pero teníamos miedo. Después de lo que os pasó a ti y a... Merle, no pude... —Se quedó callado y torció el gesto en una mueca antes de carraspear.

Se me formó un nudo en la garganta y le di un apretón.

—Lo sé.

Me observó con detenimiento.

—Me alegro de verte activa y moviéndote, pero ¿seguro que estás preparada?

—Justo le estaba diciendo eso mismo —dijo Caden al tiempo que Tanner me soltaba.

—Sí. Además, creo que levantarme y moverme me ayudará a recuperarme antes —respondí. Me apresuré para que Caden no pudiese intervenir—. Espero no haber interrumpido vuestra reunión.

Parecía como si Tanner quisiera decir que sí que lo había hecho, pero fue inteligente de no hacerlo delante de Caden.

—Para nada. —Mintió con tanta naturalidad que hasta sonreí. Sabía que le caía bien, bueno, siempre y cuando no insultase al rey. Y también sospechaba que no le haría mucha gracia enterarse de que Caden y yo teníamos una relación, aunque imaginaba que algo se olía—. Solo estábamos hablando de unos detalles importantes...

—Que pueden esperar sin problema —interrumpió Caden. Me dio la sensación de que se trataba de su compromiso. Dudaba que Tanner se hubiera enterado de que lo había roto.

El fae asintió.

—Por supuesto.

—Me alegro de veros —dije a la par que me sentaba frente a un otomano cuadrado. Caden ladeó la cabeza y me contempló—. He recordado algo que dijo Aric y creo que todos deberíais saberlo.

Tanner se sentó en el otro sillón y Faye se colocó tras él.

—¿El qué?

—Ojalá me hubiera acordado antes —empecé, casi disculpándome—. Pero mi mente ha estado... —«¿Patas arriba?», aunque no lo dije.

—No pasa nada, lo entiendo —repuso Caden—. Y ellos, también.

Bajé la mirada e inspiré hondo para aclarar mis pensamientos.

—Aric me dijo que alguien de la corte de verano lo había estado ayudando.

Tanner se tensó y Faye se puso alerta, pero fue la reacción de Caden en la que me fijé. Se quedó inmóvil, dejó de respirar y endureció la mandíbula. El aire parecía ondularse sobre él y me recordó a la forma en que las llamas deformaban el aire. Aguanté la respiración cuando apareció un levísimo trazo de la corona sobre su cabeza.

—Prosigue —dijo con la voz extrañamente normal.

El corazón me latía desbocado y me lo quedé mirando. Solo había visto la corona y la espada ardientes una vez. Ambas habían aparecido de la nada y después desaparecieron igual de rápido. Su presencia me descolocó y me fascinó a partes iguales.

Tragué saliva.

—Me dijo que un miembro de la corte de verano quería que la reina Morgana regresara —les conté—. Creo... creo que se reunió con esa persona mientras me tenía secuestrada.

—Imposible —dijo Tanner—. Ningún fae de verano querría que un monstruo como ella volviera a este mundo.

—¿Te contó cómo planeaba hacerlo? —preguntó Caden.

Lo recordaba. Quizá, si se lo decía, la corona reapareciese del todo.

—Dijo que no era probable que cumplieras la profecía, pero que creía poder obligarte a abrir un portal. ¿Se puede? ¿Puedes abrir los portales sin la profecía?

Le palpitó un músculo en la mandíbula.

—Sí.

Aquello pareció sorprender tanto a Tanner como a Faye.

—¿Cómo es posible?

—Podría hacerlo con la motivación adecuada —explicó Caden. Me miró y el aire sobre él volvió a la normalidad.

—¿Podría abrir uno sin más? —indagó Faye—. ¿Como si girase un pomo y ya está, abierto?

Los recuerdos resurgieron y el corazón me empezó a palpitar con fuerza. Aric había estado buscando a la *mortuus* del rey con la idea de usarla para obligarlo a abrir el portal. Descubrió que era yo cuando averiguó que Caden me había dado el beso de verano.

—Sí —respondió él—. No mucha gente lo sabe y así debe seguir siendo.

—Por supuesto —balbuceó Tanner—. Sobre todo la Orden. Podrían considerarlo una amenaza...

—Y sería lo último que harían —espetó Caden. Se me pusieron los vellos de punta. Sus ojos dorados ardían—. De todas formas, yo jamás abriría un portal.

A menos que...

Lo último no lo dijo, pero lo intuimos.

En ese momento supe que la reacción de Caden se debía a lo que Aric había podido hablar con ese fae de verano. Podría haberle contado al traidor que yo era la *mortuus* del rey. Su mayor debilidad y la forma de controlarlo.

—No puedes seguir aquí —repuso Caden—. Te quedarás conmigo.

Me quedé con la boca abierta. En parte no esperaba que dijese algo así delante de Tanner y de Faye, y menos creyendo que accedería como si nada.

—No pensaba quedarme aquí para siempre —le dije—. Luce me ha comentado que tengo que quedarme en observación esta semana, pero que después puedo volver a casa.

—No quiero que sigas aquí. Quiero que te quedes en mi casa, donde pueda asegurarme de que estás a salvo. Y si no quieres ir a la mía, entonces en la tuya. Luce tendrá que aguantarse.

Sentí un revoloteo en el estómago. No podíamos quedarnos juntos. Era evidente que no aguantaría sin besarlo ni cinco segundos. No podría hacer lo correcto si vivía conmigo. Ni de broma.

Caden entrecerró los ojos.

Cuadré los hombros y alcé la barbilla.

—No recuerdo haberte pedido que te quedases conmigo ni haberte dado permiso.

—Ni yo necesitarlo.

—¿Bromeas? —exclamé mientras me ponía de pie—. Claro que necesitas permiso para quedarte en mi casa.

Él me atravesó con la mirada.

—En circunstancias normales sí, pero cuando se trata de mantenerte a salvo no.

—Ni que fuera una norma tácita. Y aunque lo fuera, no tengo por qué cumplirla. Ni yo soy fae ni tú eres mi rey.

—Eh... —murmuró Faye al tiempo que cambiaba el peso de una pierna a la otra con incomodidad.

—Sé exactamente lo que soy para ti. —Caden se levantó, pero no se acercó. Me lo quedé mirando boquiabierta—. Fin de la discusión.

—En eso sí estamos de acuerdo, porque no vas a quedarte conmigo.

Esbozó una sonrisa lenta y peligrosa.

—Entonces te quedarás tú conmigo.

—¡Que no! —grité—. Pienso quedarme aquí hasta volver a casa el fin de semana y dormir en mi propia cama...

—Me gusta cómo suena eso —me interrumpió Caden.

Tanner soltó un ruido ahogado.

Avancé.

—Sola. Volveré sola a mi casa el fin de semana.

Él enarcó una ceja.

—Ya veremos.

Me cabreé.

—No veremos una mierda. No eres...

—Vale, vamos a parar un poco. —Tanner se irguió y levantó las manos—. Vaya a donde vaya Brighton el fin de semana, estoy seguro de que aquí no corre peligro. Aric ha muerto y, si lo que dijo es cierto, cosa que dudo, ningún fae de verano querría hacerle daño, y menos aquí.

—Despellejaré a cualquier fae que la mire de una manera que no me guste —espetó Caden.

Abrí mucho los ojos.

—Eso me parece excesivo.

Él no apartó la vista de mí.

—Esa es tu opinión.

Apreté los puños.

—Es una opinión razonable.

—Sabes que no es excesivo —prácticamente gruñó.

—Si le preocupa la seguridad de Brighton, imagino que Ivy o Faye estarían dispuestas a quedarse con ella cuando se vaya. Y yo mismo me aseguraré de que permanezca bien vigilada mientras siga aquí —insistió Tanner. Faye asintió y a mí me enfadó que me tuviesen que vigilar, por mucha falta que hiciese.

—Yo seré quien se asegure de que esté a salvo —afirmó Caden.

Tanner parecía nervioso.

—Majestad, con el debido respeto, sé que Brighton es importante para usted, pero debe considerar qué les parecería a Tatiana y a su hermano.

Caden volvió la cabeza hacia él.

—¿Debe importarme acaso lo que les parezca?

Tomé aire con brusquedad, al igual que Tanner.

—Pues debería —intervine. No sé cómo no se rompió el cuello de lo rápido que clavó su mirada enfadada en mí.

Me dio la sensación de que lo que estaba a punto de decir dejaría más que claro que yo era su *mortuus*.

Gracias a Dios, Faye habló primero.

—No pretendo interrumpir esta conversación incómoda, pero eso de que un fae de verano quiera que la reina regrese al mundo humano... ¿En serio crees que uno de los nuestros confabularía con Aric o con los faes de invierno?

—Ya lo han hecho en otras ocasiones —estalló Caden—. No nos olvidemos de que Aric era uno de mis confidentes más íntimos. Era mi caballero. No solo es posible, sino que es bastante probable.

CAPÍTULO 5

No creía que Aric estuviese mintiendo, pero saber que Caden lo veía bastante probable fue como encontrarse con un ataúd en mitad del acogedor hotel.

Tanner estaba en *shock*. No me extrañaba. Faye parecía querer empezar una Inquisición fae y Caden...

Bueno, estaba tratando de no mirarlo para comprobar cómo estaba. Tampoco servía de mucho, porque no me hacía falta verlo para saber que estaba enfadado. Su ira estaba patente en cada respuesta cortante y en la tensión que emanaba. No sabía qué le cabreaba más: que alguien de su propia corte lo hubiera traicionado o que me hubiera negado a que se quedase conmigo.

No podía permitir que lo hiciese.

Intenté marcharme mientras Tanner y Faye hablaban sobre quién podría ser el traidor. Aun así, en cuanto me movía un ápice, Faye me preguntaba si recordaba algo más o Caden me lanzaba una mirada asesina que me detenía de golpe.

Aquello hacía que mi malestar escalara hasta límites insospechados. Me habría encantado que Caden se quedase conmigo, que estuviera a mi lado durante el embarazo, pero no era posible. Incluso en el caso de que las cosas entre nosotros fuesen sobre ruedas, esa actitud déspota suya no me haría ninguna gracia. Yo tenía voz y voto en este asunto. La decisión era mía. A ver si se le metía en esa preciosa y sexi cabecita suya.

Por fin, después de acordar que avisarían a Kalen, otro fae, y a Ivy y Ren del posible traidor en nuestras filas, Tanner y Faye se encaminaron hacia la puerta. También acordamos mantener en secreto la habilidad de abrir portales de Caden. Tal y como Tanner había dicho, no había necesidad de sembrar desconfianza y debilitar el frágil vínculo que unía a la corte de verano con la Orden... si es que se le podía llamar «vínculo» a haber accedido a trabajar juntos en ciertas ocasiones.

Me puse de pie con la mirada fija en la puerta como si esta fuese un salvavidas. Ya era hora de actuar como si el futuro de la raza humana, de los faes y de nuestro hijo dependiera de que nosotros —o más bien yo— tomásemos la decisión adecuada. «Nuestro hijo». Esas palabras hicieron que el corazón me empezase a martillear. Conseguí dar dos pasos.

—Brighton.

Una parte de mí, diminuta e infantil, quiso fingir que no lo había oído. Puede que fuera muchas cosas, pero cobarde no era una de ellas. Me detuve.

Vale. Tal vez sí que fuese un poco cobarde, porque no me di la vuelta. Podía sentirlo a mi espalda, de pie a no más que unos pasos de mí.

—Vamos a hablar.

—¿Sobre qué?

—No finjas que no lo sabes. —Ahora estaba más cerca. Casi podía sentir su calor contra mi espalda y tuve que hacer acopio de todas mis fuerzas para no girarme y lanzarme sobre él. Para no deleitarme en su calor y confort una vez más.

Permanecí donde estaba.

—A lo mejor no quiero hablar de lo que sé que tú quieres hablar.

—Yo tampoco quiero estar aquí hablándole a tu cogote y es lo que estoy haciendo.

—Tú eres el que me ha detenido —puntualicé.

Silencio.

—¿Qué está pasando, Brighton?

Suspiré y me di la vuelta porque no se merecía hablar con mi coleta. Hacía un momento habíamos estado solos en la misma habitación, me había sentado en su regazo y nos habíamos besado. Cada vez que lo miraba a los ojos me dejaba sin aliento. Ahora su despampanante rostro era un libro abierto, no como cuando lo conocí.

—¿Por qué te opones tanto a venir a casa conmigo o a que yo me quede contigo? —preguntó—. Sabes perfectamente que es necesario. Si Aric le ha contado a alguien que eres mi *mortuus*, estás en peligro.

Sentí un dolor en el pecho. No quería estar en peligro. No después de lo que había pasado, pero, bueno, mi vida siempre había conllevado ciertos riesgos. Al ser miembro de la Orden, aunque no patrullara como los demás seguía teniendo una diana en la espalda, estaba visto y comprobado.

—En realidad, no sabemos si Aric le ha dicho nada al traidor de la corte de verano. No llegó a vivir mucho después de averiguar lo que era.

—Pero tampoco lo mataste justo después de que se enterase de lo que significas para mí, ¿verdad? —replicó.

No.

—Eso significa es que no sabemos nada.

—Y por eso tenemos que ir con el doble de cuidado. No pienso permitir que te hagan daño. Otra vez no. —Bajó la barbilla y me miró con fiereza—. Nunca más.

Sus palabras me gustaron demasiado.

—Sé cuidar de mí misma, Caden.

—No he dicho lo contrario, pero ¿por qué deberías hacerlo sola?

Me crucé de brazos básicamente para evitar rodearle el cuello con ellos.

—Porque siempre lo he hecho.

Dio un paso hacia delante.

—Las cosas han cambiado. Me tienes a mí. Por completo.

Fue como si me clavaran un puñal en el corazón. Sus palabras no deberían hacerme sentir así. Deberían provocarme alegría y felicidad.

«No es justo».

No lo era, pero eso no cambiaba la realidad.

—No quiero que me protejas —me obligué a pronunciar. Cada palabra me abrió en canal—. No quiero que vengas a mi casa. No... no te amo.

Enarcó las cejas. Esa fue la única reacción que tuvo.

Respiré como pude.

—Gracias por todo lo que has hecho por mí, pero no puedo... no puedo estar contigo. Me importas, pero no... no quiero estar contigo.

—¿No? —Su voz sonó plana.

—No te amo. —Otro puñal en mi corazón.

—¿Ah, no?

Parpadeé sin saber muy bien qué hacer. No sabía cómo iba a reaccionar. Pensé que discutiría, que se enfadaría o, tal vez, que se entristecería, pero aquellas respuestas indiferentes me descolocaron. ¿Iba a ser así de fácil? Y en ese caso, ¿me amaba siquiera?

«No importa».

Pero sí que importaba.

Confundida y molesta conmigo misma, di un paso atrás.

—Lo siento.

Él ladeó la cabeza ligeramente.

—¿Por qué?

—Por todo —susurré.

Caden apretó la mandíbula.

—¿Has terminado ya?

—¿De qué?

—De mentir.

Me sobresalté.

—No estoy mintiendo.

—Y una mierda —dijo, y me tensé—. No sé qué está pasando, pero me estás ocultando algo.

Palidecí.

—Te estoy diciendo cómo me siento...

—Y yo que las palabras que están saliendo de tu boca no te las crees ni tú. Y yo tampoco. Lo que dices no es lo que quieres.

—Es...

—No es verdad —prosiguió con ojos intensos—. *Sé* que no.

Cerré la boca mientras la estancia a mi alrededor pareció reducirse. ¿Era posible que las emociones que percibía Caden de mí pudieran traicionarme tanto? No lo sabía, más que nada porque ni yo misma parecía ser capaz de dilucidar todo lo que estaba sintiendo.

—Ahora no puedo hablar —dije, recurriendo a la cobarde que no pensaba que fuese—. Estoy agotada. Solo quiero tumbarme un rato.

Caden parecía querer continuar, pero tras un momento, se lo pensó mejor.

—Esta conversación no ha terminado, Brighton.

Ojalá fuese cierto.

—Sí que lo ha hecho —susurré, y salí de la habitación con el corazón hecho trizas.

Me fui directamente a mi habitación y me metí en la cama antes de acurrucarme de costado y de cerrar los ojos para evitar soltar la riada de lágrimas que amenazaban con caer por mi rostro.

Me dolía el corazón. No podía pensar en lo que acababa de hacer y en lo injusto que era todo. Me obligué a dormir, porque al menos eso sería mejor que estar despierta y sentirme como lo hacía, así que me pasé el día y la noche durmiendo. Me desperté por la mañana y me encontré un plato tapado de huevos revueltos y tostadas sobre la silla que Caden había ocupado. Ya había devorado la comida para cuando Luce vino a ver cómo estaba. Le sorprendió y la complació ver lo rápido que mis heridas se estaban curando. Le pregunté por la comida, pensando que había sido ella la que la había traído, pero resultó que no. Traté de no darle muchas vueltas a quién lo habría hecho mientras le pedí que, si era posible, me trajera vitaminas prenatales. Como si me hubiera leído el pensamiento, sacó un botecito de pastillas del bolsillo de su bata. Según Luce, a una fae embarazada no le hacía falta tomar vitaminas extra, pero teniendo en cuenta que yo era humana y dada la desnutrición que había experimentado en las primeras semanas del embarazo, creía que me vendría bien tomarlas.

Las oculté en el cajón de la cómoda.

Después dormí durante la mayor parte del día. Me desperté una vez cuando Ivy vino a visitarme y otra vez por la tarde. Lo primero que miré cuando abrí los ojos fue la silla.

Caden no la ocupaba, pero encontré otro plato cubierto.

Sentarme me resultó mucho más sencillo que el día anterior, así que levanté la tapa y hallé un plato de sopa que olía a hierbas aromáticas con dos trozos de pan tostado al lado. Me gruñó el estómago.

¿Me lo había traído Ivy?

¿Había sido Caden?

Me quedé mirando la comida durante lo que se me antojó una eternidad, al igual que esta mañana. Una sensación de intranquilidad mezclada con el hambre me provocó náuseas. La inquietud era como el ácido en mis venas. El brazo me temblaba cuando lo estiré hacia la comida. No me di cuenta de lo que estaba haciendo hasta que me vi mirando alrededor para asegurarme de que...

De que la habitación estuviera vacía.

No había nadie aquí. Nadie iba a hacerme daño. Aric estaba muerto. Estaba a salvo.

Aun así, vacilé.

Dios, odiaba esta situación. Odiaba haber asociado la comida con el dolor. Comer había sido... bueno, había sido uno de mis pasatiempos favoritos. Me *encantaba* comer.

Maldije en voz baja y agarré el plato. La cremosa sopa se derramó por el borde. Agarré la cuchara y empecé a llevarme el líquido a la boca sin siquiera pararme a disfrutar de la comida. Luego me comí el pan; mastiqué lo suficiente como para no ahogarme. Cada vez que pensaba en Caden, en Aric o en *cualquier cosa* apartaba los pensamientos a un lado. Para cuando solo quedaban migajas de pan en el plato, la inquietud prácticamente había desaparecido.

Me llevé las manos al vientre. Tenía que superar el trauma con la comida porque ahora estaba comiendo por dos.

Me reí. Aquel pensamiento me había hecho llegar a una conclusión: quería una familia. Un marido. Un hijo. No era algo que hubiese deseado conscientemente, y tampoco creía que fuese obligatorio tener pareja para poder formar una familia, pero era lo que *yo* quería. Quería darle a este bebé lo que yo no había tenido: un padre que estuviese vivo, y no meramente presente en la vida de su hijo, sino también *a su lado*. Quería ser la madre que la mía no pudo ser; no por voluntad propia, claro. Aquella conclusión me hizo sentir un anhelo doloroso por lo que deseaba y no podía tener.

Esperé hasta estar segura de que no se me iba a revolver el estómago y me puse de pie. Sabía que no podía quedarme sentada de brazos cruzados. Como lo hiciera, mi cerebro empezaría a ir por derroteros que era mejor no tocar. Tenía que moverme, hacer algo. El suave resplandor de la luz del sol aún se colaba por las persianas. Me acerqué a la cómoda y rebusqué hasta encontrar una chaqueta de punto. Me la puse y me encaminé hacia la planta baja del hotel. Mantuve la mirada gacha mientras pasaba junto a faes que entraban y salían de la cafetería y de las zonas comunes. Llegué a las puertas de cristal y, mientras se abrían, levanté la cabeza. La brisa fresca de la tarde me bañó cuando salí al jardín, que era tan bonito que a menudo me parecía hasta irreal.

En secreto pensaba que así debía de haber sido el Otro Mundo, al menos en algún momento de su historia. Con árboles altos que se elevaban hacia el cielo azul, enredaderas en los enrejados y una gran variedad de flores a las que no les afectaban las temperaturas más frías y cuyo olor dulce y almizcleño impregnaba el aire. Con farolillos de papel encendidos y colgados de las ramas y tiras de luces que cruzaban los caminos empedrados y que llevaban hasta pequeñas zonas de descanso escondidas.

Este era mi lugar favorito del Hotel Faes Buenos. Siempre que venía y tenía la oportunidad de explorar el jardín, lo hacía.

Estiré el brazo y rocé las enredaderas. Por mucho que cuidara mi propio jardín, era imposible conseguir que tuviera el mismo aspecto que este. Ni siquiera se parecían cuando mi madre seguía viva. Tenía la sensación de que la jardinería siempre la anclaba al presente y a este mundo. Si Caden no tenía razón con respecto a que mi mente era más fuerte debido al beso de verano, tal vez yo también pudiera buscar refugio en el jardín.

Dios, esperaba que tuviera razón. Levanté la vista hacia el cielo y recé por que así fuera. El bebé que llevaba en mi vientre necesitaba una madre...

—¿Light Bright?

Esa voz. Ese nombre. Me giré con el corazón acelerado.

—¡Tink!

CAPÍTULO 6

El duende se encontraba en su forma de gigante a varios metros de mí, en el camino. Medía más de metro ochenta e incluso con la luz atenuada del crepúsculo reparé en que se le veía distinto. Tendría que estar ciega para no darme cuenta.

Su pelo, que normalmente era de un tono blanquecino, ahora estaba castaño oscuro.

—¡Tu pelo!

Él permaneció inmóvil con los brazos a los costados y noté que sus ojos no perdieron detalle de mi cara.

—¿A quién le importa mi pelo en este momento? —dijo antes de moverse.

Tink acortó la distancia entre nosotros y en un nanosegundo me levantó en brazos. En cuanto mis pies dejaron de tocar el suelo, pegué la mejilla a su pecho. Tanto mis costillas como los hematomas protestaron, pero no dije nada mientras le devolvía el abrazo con la misma fuerza.

Lo había echado tanto de menos.

Sí, a veces la liaba. Bueno, casi todo el tiempo. Su breve estancia conmigo se había convertido en algo permanente casi sin darme cuenta. Me tropezaba constantemente con sus paquetes de Amazon, siempre dejaba todo desordenado y casi me daba un infarto cuando se escondía bajo las mantas o en los armarios en su tamaño bolsillo, pero lo había echado de menos.

Me bajó despacio y se separó sin dejar de abrazarme. Me examinó bajo la tenue luz del día.

—No lo sabía.

—Tink...

—He estado tumbado en la playa bebiendo cócteles afrutados, poniéndome moreno y disfrutando como si fuera el último duende en este mundo y en los demás. No tenía ni idea. —Le brillaron los ojos—. No sabía que te estaban haciendo esto.

Sentí un dolor punzante en el pecho.

—No pasa nada.

—Sí que pasa —replicó—. Cada vez que llamaba y Ren, Ivy o el rey contestaban, mis supersentidos de duende me decían que había gato encerrado, pero ellos me aseguraban que estabas bien, que la Orden te tenía trabajando en una misión especial o no sé qué. Debería haberlo sabido. La Orden no suele contar contigo para casi nada.

—A ver, eso no es del todo cierto...

—Fabian me dijo que no me preocupara y me convenció para que nos quedásemos más —prosiguió como si yo no hubiera hablado—. Le creí. Quise creerle a pesar de saber que algo pasaba. Yo disfrutando de la vida y tú mientras luchando por la tuya.

—No te culpes. —Lo agarré de la pechera—. No querían que te preocupases porque no había nada que pudieras hacer.

—Lo entiendo, de verdad. Por eso no los he matado, Fabian incluido. Y créeme —añadió al tiempo que endurecía la voz—, soy más que capaz de matarlos a todos.

Parpadeé. A veces resultaba tan fácil olvidar que Tink no era solo un divertido duende del Otro Mundo con capacidad de cambiar de tamaño, sino que era uno de los seres más poderosos del Otro Mundo que, casualmente, era adicto a Amazon Prime, *Harry Potter* y *Crepúsculo*.

—Podría haber hecho algo. Podría haberte buscado. Podría haberte encontrado...

—Nadie fue capaz de encontrarme. Ni siquiera el rey hasta... hasta que lo logró —respondí al tiempo que tiraba de su camiseta—. Te habrías preocupado y...

—Eso es lo que debería haber hecho. Eres mi Light Bright y yo, tu Tink. Debería haberlo sabido. Tal vez le pegue un puñetazo a Ivy cuando la vea.

—No le pegues.

—¿Ni siquiera un poquito?

—No.

—¿Ni un toquecito?

Sacudí la cabeza. Estaba a punto de echarme a llorar.

—¿Ni cuando me haga pequeño con mis puñitos?

Me atraganté de la risa.

—Ren te ensartaría con un palillo.

—Primero le pegaría. Se lo tiene merecido desde que le vi el paquete de sorpresa en la cocina de Ivy.

Volví a reír.

—Te he echado de menos —dije contra su pecho.

—Claro que me has echado de menos, soy genial. —Carraspeó. Permaneció en silencio un momento y sentí que me besaba la coronilla—. Fabian me ha contado lo que ha pasado cuando estábamos a una hora de aquí. He estado a punto de provocar un accidente múltiple en la interestatal.

Crispé los labios.

Tink posó las manos en mis hombros y me guio de vuelta a donde estaba momentos antes.

—Me dijo que mataste a Aric.

—Es verdad —susurré.

—¿Ha quedado algo de su cuerpo?

—Pues no. Se desintegró, como la mayoría de los antiguos.

—¿Ni siquiera quedaron cenizas?

—Creo que no.

—Ya le preguntaré al rey.

Fruncí el ceño.

—¿Por qué?

—Porque quiero cagarme en lo que quede de él.

—Dios. —Me eché a reír otra vez—. Qué asco.

—Lo sé. Es lo más irrespetuoso que se me ocurre —explicó antes de llevarme a un sofá biplaza que a menudo me recordaba a una jaula para pájaros abierta—. Cuéntame todo lo que puedas, Bri.

Nos sentamos en el mullido sofá y le conté lo que recordaba mientras la cortina sobre los asientos ondeaba a causa de la brisa. No era la primera vez que hablaba de ello, pero me dio la sensación de que me quitaba un gran peso de los hombros. Como si hubiera soltado todo el aire de los pulmones.

—Lo más probable es que el rey tenga razón —repuso Tink una vez le expliqué lo de la alucinación de antes—. Tu mente se está fortaleciendo.

—Eso espero.

—No tiene por qué deberse a que se alimentara de ti —prosiguió mientras jugueteaba con el pelo que se me había escapado de la coleta—. A lo mejor se debe a ese síndrome postraumático que a veces provoca que la gente acumule cosas en su casa.

Enarqué una ceja.

—Creo que ves demasiado la televisión.

—Pero tal vez tenga razón. Has pasado por un trauma. Según el doctor Phil, escuchar voces y revivir los sucesos es bastante común después.

Me lo quedé mirando.

—Después de verle el paquete a Ren, seguía viéndolo en mi cabeza. A veces incluso me hablaba...

—Estás como una cabra.

Tink me sonrió.

—Fabian me dijo algo más.

—¿Qué te dijo?

—Que el rey puso la ciudad patas arriba buscándote. —Se me tensaron todos los músculos del cuerpo—. Que no se rindió. Y que Ivy le ha dicho que ha estado contigo casi todo el tiempo desde que te encontró.

Aparté la mirada.

—Ya sabes que lo ayudé aquella vez que estaba herido. Sintió que me debía...

—¿Te has olvidado de que lo vi besándote como si no hubiera un mañana?

Me sonrojé.

—No, no me he olvidado, pero ya sabes que él es el rey y yo... Bueno, no importa. Cuéntame lo de tu pelo, por favor.

Lo distraje momentáneamente. Se pasó una mano por él. No lo llevaba en punta, sino que le caía sobre la frente.

—¿Te gusta?

—Pues... sí. —Ahora lo tenía del mismo color que las cejas. Lo hacía parecer más adulto. Me extrañaba, pero le sentaba bien. Lo cierto era que cualquier color le quedaba bien; era guapísimo—. Simplemente me ha sorprendido.

—Cuando vi mi reflejo no me reconocí. Fue raro. —Se encogió de hombros—. Me aburrí, no sé. Fabian sugirió que me lo tiñese y pensé: «A la mierda». Me lo tiñó él. —Bajó la voz—. No se puso guantes. Estuvo varios días con las manos manchadas.

—Ay, no. —Sonreí—. Pues lo ha hecho bien.

—Todo lo hace bien. Es irritante, aunque no lo digo a malas. —Dejó de sonreír—. Light Bright...

—Estoy bien, de verdad. Sé que no lo parece, pero lo estoy. —Volví a cambiar de tema—. ¿Y Dixon?

—Está con Fabian, lo lleva en el trasportín.

Ojalá pudiera verlo.

—Sé que te quiere —dijo él.

—¿Qué? —exclamé al tiempo que lo miraba con los ojos muy abiertos.

—Habló con Fabian antes de que llegáramos. No sé exactamente lo que le dijo, pero Fabian conoce a su hermano. —Tink me tocó el brazo con suavidad—. También le ha contado lo que ha hecho.

Había varias cosas a las que podía referirse con eso.

—Que ha roto el compromiso —especificó.

Cerré los ojos. ¿Por qué había tenido que ser *eso*?

—Si te soy sincero, pensaba que estarías con él. Imagínate mi sorpresa cuando nos ha dicho que estabas en el jardín sola.

Abrí los ojos y apreté los labios. No me extrañaba que Caden supiera exactamente dónde estaba.

—Y aquí estás, fingiendo que no pasa nada mientras el maldito rey de la corte de verano está enamorado de ti. —Me volvió a dar un toquecito en el brazo—. Sé que te gusta, y mucho, y que te dolió que se distanciase de ti.

—Las cosas han... cambiado. He pasado por mucho —repliqué. Odiaba usar lo de Aric como excusa.

—Es verdad, pero, Bri, cariño, antes también. Eres una luchadora, una superviviente —dijo. Alcé los ojos hacia él—. Lo que has sufrido es terrible, pero no creo que te haya arrebatado la capacidad de amar o de reconocer ese sentimiento. Ni tampoco el sentido común.

—¿El sentido común?

—Sí. Parece que tu sentido común se haya ido de vacaciones —espetó. Enarqué las cejas—. El rey te quiere, te adora. Vale, no es humano, pero ¿quién en su sano juicio le diría que no a ese hombre?

—Ese es el problema, Tink. Es el rey.

—¿Y qué? Debería estar en la categoría pro —argumentó.

Me lo quedé mirando.

—¿Y qué pasa si no elige a una reina fae? Sé que lo sabes. Por eso te quedaste callado y raro cuando lo viste besarme. Por eso intentaste hacerme entender que tenía razones para distanciarse de mí.

—Lo sé, pero te ha elegido. Te ha elegido a ti y no a su corte, te ha elegido por encima...

—Sabes lo que significa. —No podía oír aquello, no me ayudaba en nada—. Sabes lo que pasará.

—¿A eso te refieres con lo de que las cosas han cambiado?

—¿A qué si no? —confesé mientras hundía los hombros.

Me examinó e inspiró hondo.

—Lo quieres, ¿no?

—Eso no importa.

—Es lo único que importa —replicó—. A pesar de ser quien es, te has enamorado de él, ¿verdad?

Quería decir que no. Era lo correcto. Necesitaba poder decirlo porque tal vez así yo misma también me lo creyese, pero no podía mentirle a Tink.

—Sí —susurré—, pero te prohíbo que se lo digas.

Él arqueó la ceja.

—¿Crees que no lo sabe ya?

—Da igual lo que crea saber. Necesita una reina, no una confirmación de lo que siento.

—Más bien dirás lo que ya sabe. —Tink miró alrededor del jardín mientras yo me debatía si pegarle un puñetazo, pero como me había negado a que hiciese lo mismo con Ivy, no me quedaba más remedio que predicar con el ejemplo—. Sé muy bien lo que pasaría. Sí, la corte se debilitaría y se quedarían sin rey, pero eso no significa que los faes vayan a empezar a caer como moscas. —Se recostó contra el sofá de color crema—. Tampoco significa que el rey vaya a debilitarse tanto como para no poder defenderse. Ni que debáis sacrificar lo que merecéis. El amor es más importante.

—¿Crees en serio que nuestra relación es más importante que la supervivencia de los faes? ¿De los humanos y de nuestro...? —Se me cayó el alma a los pies y me quedé callada.

Tink me miró.

—¿Vuestro qué?

—Nada.

—Mentirosa, ¿qué ibas a decir?

Sacudí la cabeza y aparté la mirada.

—No es nada, Tink.

Permaneció en silencio durante un momento.

—Me estás ocultando algo.

—¿Por qué insiste todo el mundo en lo mismo? —Levanté las manos, frustrada. Vale, solo habían sido Caden y él, pero bueno.

—Puede que porque es obvio. —Hizo una pausa—. Me ofendes.

—¿En serio?

—Claro. Soy Tink. Somos compañeros de piso y tenemos la custodia compartida de Dixon.

Fruncí el ceño.

—No tenemos la custodia compartida de tu gato.

—Eso no es cierto. Duerme en tu cama, eso significa que la tenemos, por mucho que no te hayas dado cuenta —replicó—. Escondes algo, estás mintiendo. He pasado semanas con gente que me ha estado ocultando la verdad; esperaba otra cosa de ti.

Me lo quedé mirando boquiabierta. Sentí una punzada de culpabilidad. Seguro que lo había dicho a propósito.

—Qué manipulador eres.

—¿Ha funcionado?

Solté una carcajada y desvié la mirada hacia donde tenía las manos, sobre mi tripa. Abrí la boca y la cerré. Me entraron muchas ganas de contárselo a Tink, a cualquiera. Ni siquiera había pasado un día y ya estaba deseosa de confesárselo a alguien.

Y Tink... Si dentro de unos meses seguía viviendo conmigo, lo sabría. Con el tiempo se volvería evidente. No se lo podría ocultar a todo el mundo. Necesitaba a alguien que lo supiera. Podría decírselo a Ivy, pero a veces le daba por explotar y tenía historia con Caden.

Levanté las manos, me las pasé por la cara y me tapé la boca.

—Si te lo cuento, me tienes que prometer que no se lo dirás a nadie.

—Te lo prometo —aceptó rápidamente.

—Lo digo en serio, Tink. Vas a querer hacerlo, pero no puedes. Ni a Fabian, ni a Ivy, ni siquiera a Dixon.

—¿Qué demonios haría Dixon? Es un gato.

—Me da igual. —Bajé las manos y lo miré—. No puedes decírselo a nadie. Si lo haces, yo... —Pensé en lo peor que podría pasarle—. Daré con la manera de ponerte en la lista negra de Amazon y, hasta entonces, tiraré todos tus paquetes a la basura. Cancelaré tus pedidos. Quitaré el internet.

Él puso los ojos como platos y se llevó la mano al pecho.

—Qué mala.

—Pues sí. —Lo miré a los ojos—. ¿Quieres saberlo?

Tink ladeó la cabeza.

—Sé guardar secretos, Bri. No te haces una idea de los muchos que sé. Prácticamente soy el guardián de los secretos. Ni siquiera conoces mi verdadero nombre.

Fruncí el ceño.

—¿Cuál es tu verdadero nombre?

Él esbozó una sonrisa socarrona.

—¿Fabian lo sabe?

—Qué va.

—¿En serio?

—Sí, sí.

Me sorprendía que no se lo hubiera dicho. Conocer el nombre verdadero de un fae te confería cierto poder sobre él. Me mordí el labio y lo solté. Dos palabras que me habían cambiado la vida.

—Estoy embarazada.

Tink parpadeó despacio.

—¿De un bebé?

—¿De qué otra cosa voy a estar embarazada? —exclamé.

Sacudió la cabeza levemente y a continuación esbozó una enorme sonrisa que, durante un instante, me sorprendió.

—¿Eso significa que voy a ser su padrino? Siempre he querido ser padrino. Puedo hacer de canguro. Hay tantas cosas que puedo enseñarle a ese bebé. Puedo hacer que sus juguetes cobren vida, ¿lo sabías? Le puedo enseñar las maravillas de *Harry Potter* y *Crepúsculo*. Ah, ¡y *Juego de Tronos*! Bueno, eso ya más adelante. Pero piensa en todo... —Paró al darse cuenta de que me había quedado boquiabierta.

Tink se separó de mí y se puso de pie a la vez que levantaba las manos.

—Voy a hacerte una pregunta obvia, dame un momento para recomponerme.

—Sí, es de Caden —dije secamente.

—¡No me has dado un momento!

—Tink.

Colocó las manos bajo la barbilla.

—¿Vas a tener un hijo suyo?

Asentí.

—Ahora mismo llevas un hijo que tiene vuestro ADN.

—Sí.

Tink se inclinó para que nuestros ojos estuvieran a la misma altura.

—Vais a tener un bebé.

—Que sí, Tink. Estoy embarazada. Caden es su padre —le dije, exasperada—. El rey es el padre.

—Ay, Dios.

Cerré la boca.

Tink parpadeó.

El corazón me dio un vuelco y se me cayó el alma a los pies.

Ni él ni yo habíamos dicho eso último.

Tink se irguió.

Miré por encima de su hombro y no vi ni a uno ni a dos, sino a *tres* faes mirándonos, atónitos.

CAPÍTULO 7

Fue Kalen, el fae rubio, el que había hablado. Se lo veía tan sorprendido como yo. Faye se encontraba a su lado y parecía estar a punto de caerse de espaldas. Y de toda la gente que podría estar aquí, era Tanner el que los acompañaba.

Su rostro me decía que sentía ganas de vomitar.

Los cinco nos quedamos mirándonos en silencio mientras el corazón me latía con fuerza contra las costillas. Me entraron ganas de vomitar. A lo mejor Tanner y yo podíamos ir juntos.

Tink fue el primero en romper el silencio.

—Me he teñido el pelo —anunció Tink—. ¿Os gusta? Creo que encaja con mi tono de piel.

Por primera vez en, bueno, una eternidad, Tanner ignoró a Tink.

—Estás embarazada —dijo el director del hotel—. De... —Parecía ser incapaz de pronunciarlo.

Se me secó la garganta.

—Eh...

—Ya la hemos oído —repuso Faye parpadeando antes de volver a poner la misma cara de siempre—. No creo que haga falta que lo repita.

La situación no podía ser peor.

Bueno, si Caden hubiese estado con ellos, sí que habría sido peor.

—Sabía... —Tanner hizo una pausa para respirar bruscamente—. Sabía que había algo entre vosotros. Era evidente incluso antes de tu secuestro. Creía que sería pasajero, pero su forma de comportarse cuando desapareciste me confirmó que había algo más.

—Os dije que había algo más —musitó Kalen por lo bajo.

—Ahora entiendo su reacción de antes, por qué exigía estar contigo...

—Espera. —Me levanté de golpe—. Él no lo sabe.

—¿Cómo? —Faye enarcó las cejas.

—No se lo he dicho. No pienso decírselo...

—¿Cómo? —repitió Tink con desafío.

Kalen se pellizcó el puente de la nariz.

—Tengo la sensación de que me voy a arrepentir de haber estado aquí esta noche.

—¿Qué quieres decir con que no piensas decírselo? —inquirió Tanner.

—Mejor dicho, ¿has perdido la cabeza o qué? —estalló Tink.

—Esto se parece a uno de esos programas de tertulias de televisión —comentó Faye.

Kalen la miró.

—¿Estás pensando en *El diario de Patricia*?

La fae asintió.

—Me encanta ese programa —intervino Tink.

—¿Se ha puesto así y ni siquiera sabe que llevas a su hijo en el vientre? —preguntó Tanner.

—Voy a ser el padrino —anunció Tink.

—Que Dios se apiade de ese niño —dijo Kalen.

—Sé que los humanos tenéis vuestras costumbres. —Tanner levantó la barbilla—. Pero nosotros creemos que el padre cuenta con los mismos derechos que la madre...

—Vale, callaos un momento. Dejad de juzgarme y escuchadme —espeté. Una capa de sudor perlaba mi frente—. Me he enterado hoy y sí que voy a decírselo, pero no ahora. Ninguno vais a decirle ni una palabra por dos razones. La primera, porque no es de vuestra incumbencia.

Tanner tomó aire con brusquedad, como si lo hubiese ofendido.

—Es nuestro rey.

—Sí, y sigue sin ser de vuestra incumbencia —repuse—. La segunda es porque estoy intentando hacer lo correcto y eso no incluye darle la buena noticia en este momento.

Kalen arrugó la frente.

—Os voy a contar algo que espero que os haga comprender mejor la situación. Caden me ha elegido a mí. Ni a su prometida ni a ninguna otra fae. Ha roto el compromiso con Tatiana. —Los gritos ahogados de los tres faes resonaron como un trueno—. No creo que vaya a elegir a ninguna fae y yo no pienso ser *la otra*. Él me quiere y yo a él, pero sé lo que ocurrirá si no elige una reina. Sé lo que está en juego, y supongo que vosotros también.

Tanner asintió despacio; incluso se lo veía un poco verde.

—Sé que da igual lo que queramos, no puede ser. —Mi voz flaqueó y, cuando Tink abrió la boca, lo señalé con el dedo—. No quiero oír que el amor está por encima de todo. ¿Crees que no quiero salir corriendo hacia él, abrazarlo y no soltarlo nunca? Esto no resulta fácil para mí, pero estoy embarazada. Voy a tener un bebé. Y aunque no tengo ni idea de cómo criar a un niño, sé que no quiero que crezca en un mundo con los días contados; que Caden tiene que casarse con alguien de su especie; que los faes y los humanos dependemos de que lo haga o no. Así que no, no pienso decirle nada hasta que esté felizmente casado. Entonces se lo contaré.

Me costaba respirar, pero me obligué a deshacer el creciente nudo de emociones en mi pecho.

—Si alguno de vosotros quiere evitar que ocurra una catástrofe, más os vale mantener la boca cerrada y hacer todo lo que esté en vuestra mano para que... —Traté de tragar saliva, pero el nudo había subido hasta mi garganta—. Para que se case con Tatiana o con cualquier otra fae. Eso es lo que deberíais hacer. Como le contéis lo que habéis oído... No sé qué sería capaz de hacer. —Cerré la boca y negué con la cabeza mientras recordaba cómo había hablado de su hermana Scorcha. Traté de apartar de mi mente la imagen de él peinando a una niña pequeña. Traté de olvidar el cuidado y lo amable que fue cuando me desenredó el pelo. Carraspeé—. No sé qué sería capaz de hacer, pero seguro que no lo correcto. Eso sí que lo sé.

Nadie habló, ni siquiera Tink. No durante un buen rato.

Fue Tanner el que lo hizo al final.

—Estás haciendo lo correcto —dijo a la vez que abría y cerraba las manos a los costados.

¡Por fin! Por fin alguien se daba cuenta de que estaba haciendo lo correcto. Aunque no sentí alivio ni alegría, solo una pesadez que amenazaba con arrastrarme hasta el suelo y luego a través de él.

—No me complace ocultarle nada a mi rey ni saber lo que debes estar pasando, pero el futuro de nuestra corte y de este mundo es primordial y se antepone a nuestras necesidades y deseos —prosiguió. Asentí despacio—. Te guardaremos el secreto, Brighton.

Me senté y fue como si toda la energía me abandonara de repente.

—Gracias.

Torció el gesto.

—Ni Faye ni Kalen repetirán una palabra de lo que hemos oído o hablado aquí —anunció Tanner. Por primera vez, vi cómo su expresión de cortesía habitual desaparecía y la criatura letal que ocultaba aparecía y los fulminaba con la mirada—. ¿Me entendéis?

Faye parecía incómoda, pero asintió.

—Sí.

—Tenía razón. Me arrepiento. —A su lado, Kalen se llevó una mano al pelo—. Esto no me gusta nada. Es nuestro rey.

—No te estoy pidiendo que te guste. —La autoridad impregnó el tono de voz de Tanner—. A ninguno nos gusta, pero a veces tenemos que hacer cosas que no nos gustan para proteger el futuro, por muy desagradables que nos parezcan. —Dejó de mover las manos y me miró a los ojos—. Y te prometo que lo que estás haciendo no será en vano. Haré todo lo que esté en mi poder para que así sea.

Volví a asentir porque no me veía con fuerzas de decir nada. Me sentía mal, rara, mientras Tanner se despedía de nosotros. Los otros le siguieron, pero Kalen se detuvo y le susurró algo a Tink al oído. El duende asintió con solemnidad. En cualquier otro momento, me habría dado curiosidad por saber qué le había dicho, pero entonces no tenía la capacidad cerebral para sentirme así.

Tink se sentó a mi lado.

—Vaya... —Cansada, lo miré—. Ha sido incomodísimo, ¿verdad?

Me reí, pero no me supo bien.

—¿Crees que guardarán el secreto?

—Sí.

—¿Y tú? —susurré.

—Pues claro. No quiero que tires mis paquetes.

Sonreí al oír eso.

Se inclinó hacia delante y apoyó su frente contra la mía.

—¿Sabes lo que creo?

Me daba miedo preguntar.

—¿Qué?

—Creo que serás una madre estupenda. Al fin y al cabo, conmigo has tenido mucha práctica.

* * *

Me pasé los siguientes dos días con Fabian y Tink detrás como sombras. Si quería salir al jardín, venían conmigo. Si me quedaba en la habitación, me hacían compañía subiéndose a la cama conmigo para ver algún programa malo de la televisión o una película en el salón de la *suite*. Nunca pensé que pasaría tanto tiempo en la cama con un hombre, mucho menos dos. Sabía que me hacían compañía porque Caden no estaba y tenía la sensación de que era por petición suya. No lo decía porque no quisieran pasar tiempo conmigo, pero era consciente de que ahora mismo no era la mejor compañía para nadie. Era la viva imagen del mal humor.

A pesar de que llevaba sin hablar con Caden desde que le dije que no lo amaba, me desperté en mitad de la noche y juraría que percibí su olor en la habitación. A menudo, mientras estaba en el jardín con Fabian y Tink, un escalofrío me recorría la espalda y me ponía los vellos de punta. Siempre me giraba esperando encontrármelo allí, mirándome de ese modo tan intenso suyo, pero nunca estaba, al igual que cuando me despertaba en plena noche.

Era incapaz de poner en orden mis sentimientos. No sabía qué pensar o sentir. A la parte más estúpida de mí le encantaba la posibilidad de que Caden fuera el que me traía la comida o el que me estuviera vigilando en el jardín. La otra quería darme de puñetazos en la cara.

Por ahora, Tanner y los demás habían mantenido su palabra. Me imaginé que me enteraría si le hubiesen contado a Caden lo del embarazo, pero cuando salí al jardín con Fabian y Tink el viernes por la tarde noche, vi que estaba trabajando diligentemente para cerciorarse de que Caden elegía una reina.

En el jardín me sentí como si me hubieran atravesado el corazón cuando vi a Caden a la derecha bajo varios farolillos de papel encendidos. Llevaba unos pantalones negros y una camisa blanca remangada, y el pelo le caía suelto sobre sus hombros anchos. Parecía como si acabase de salir de la portada de una revista o de alguna fantasía. No estaba solo. Tanner estaba con él, al igual que varios otros faes, incluido Kalen y también la elegante y morena Tatiana. Su hermano, que era igual de despampanante que ella con el pelo oscuro y la piel plateada, también se encontraba allí.

Caden sonrió ligeramente cuando Tatiana le dijo algo y luego colocó una mano sobre su antebrazo desnudo. Estaban a escasa distancia el uno del otro.

Era innegable que Caden y Tatiana hacían una pareja increíble propia de los cuentos de hadas. Verlos juntos me hacía darme cuenta, muy a mi pesar, de que nadie en su sano juicio se creería que me había elegido a mí por encima de alguien tan perfecta. Tan elegante.

Aunque me dijera que debería sentir alivio, me entraron celos. Debería alegrarme de verlo hablando con ella. Que se casase con otra fae no me dolería menos que si reavivaba su compromiso con Tatiana.

Tink me había agarrado de la mano en el momento en que los vimos y había empezado a hablar sobre tortugas marinas. O zarigüeyas, no estaba segura. Caden parecía no haber reparado en nuestra presencia. La única persona que parecía saber que estábamos allí era Sterling, el hermano de Tatiana. Sus ojos nos siguieron hasta que ya no pude ver si seguía mirándonos o no.

El jardín perdió parte de su belleza aquella noche y no me quedé mucho tiempo allí. Caden y el grupo de faes ya no estaban cuando regresamos al interior, pero a juzgar por la frenética actividad que había tras la cristalera cubierta de escarcha que daba a la sala común, tuve el presentimiento de que el rey se encontraba allí. Se oían muchas risas y juraría que también música. Sabía que a menudo daban fiestas, a veces por cumpleaños o bodas y otras simplemente porque sí. La envidia hizo compañía a los celos, así que en cuanto volví a mi habitación, conseguí que Fabian y Tink se marcharan. Esperaba que asistieran a lo que fuera que estuviese ocurriendo abajo. Ese era su sitio, no el mío. Y aunque sabía que no me negarían la entrada... bueno, daba por sentado que a Tanner no le haría demasiada gracia que apareciera, ya que estaba intentando todo lo posible por que Caden y Tatiana reconectasen. Yo era una forastera, por muy amiga de Tink o del príncipe Fabian que fuese.

Sintiéndome más mayor y cansada que nunca, me puse el camisón que Ivy me había traído de casa. Era ligero y largo, me llegaba hasta las rodillas. Me metí en la cama —patéticamente temprano para ser un viernes por la noche— y di gracias por que fuese mi última noche allí.

—Puedo hacerlo —me recordé, igual que había hecho cada noche desde el lunes. Me llevé una mano al vientre y repetí—: Podemos hacerlo.

Me quedé dormida enseguida y me pregunté por qué me resultaba tan fácil cuando antes siempre me costaba tanto. ¿Era por el embarazo? Una vez leí que te cansabas más deprisa. ¿O era porque mi cuerpo estaba sanando? Los moratones y los cortes habían desaparecido. Ya no tenía los ojos hinchados y la mayoría de las laceraciones ahora solo eran pequeñas marcas rosadas. ¿O era por la depresión? Probablemente fuese un poco de todo.

La oscuridad de una noche sin sueños se desvaneció y reveló unos ladrillos húmedos y cubiertos por enredaderas. Dos antorchas luchaban por vencer a las sombras de la... cripta.

Abrí mucho los ojos y el corazón se me paró de golpe. A mis pies, el suelo era de una piedra tan fría como el hielo. Hice amago de levantarme, pero la presión alrededor de mi cuello me lo impidió. Jadeé y me llevé las manos a la garganta. Metal, frío y duro.

«No. No. No».

No estaba allí. No estaba en la cripta. Esto tenía que ser una pesadilla. Temblando, bajé la mirada hacia mi cuerpo y reconocí la imagen desteñida de un montón de buñuelos de mi camisón. Desvié la vista hacia donde estaba la puerta de la cripta y no vi nada más que vacío. El abismo se abrió. Unos gruesos zarcillos de oscuridad bañaron las paredes e inundaron el suelo hasta tragarse rápidamente la cripta y a mí.

«Despierta. Despierta. Tengo que...».

—¿Me echabas de menos?

El sonido de la voz de Aric en mi oído hizo que el miedo me recorriera de pies a cabeza y solté un grito agudo. Me retorcí, moví las manos... y toqué algo duro y cálido. Aric nunca estaba cálido. Su piel siempre estaba fría, helada.

—Soy yo, Brighton, estás bien. —Una voz profunda diseminó la oscuridad—. Estás a salvo.

«Caden».

Abrí los ojos a duras penas. La lámpara de la mesita de noche estaba encendida y arrojaba una luz suave por la habitación. El pulso se me aceleró cuando me di cuenta de que la superficie dura y cálida que mis manos habían tocado era la camisa blanca que cubría el torso de Caden.

Retrocedí hasta el centro de la cama y lo miré. Estaba sentado en el borde del colchón, con varios mechones de pelo sobre la mejilla.

Me devolvió la mirada sin parpadear.

—¿Brighton?

—¿Sí? —susurré, desorientada.

Sus ojos rebuscaron en los míos.

—¿Estás bien?

—Creo... creo que estaba teniendo una pesadilla.

—Sí. Has gritado.

—¿Me has oído gritar?

Asintió.

Parte de la confusión desapareció.

—¿Cómo me has oído gritar?

—Estaba justo fuera de tu habitación.

Fui a preguntarle qué hacía ahí, pero entonces lo entendí.

—¿Has estado haciendo guardia por las noches?

Caden no dijo nada. Se limitó a apartarse el pelo de la cara.

Mi corazón empezó a acelerarse por otro motivo bien distinto.

—¿Desde...?

—¿Desde que me mentiste a la cara y saliste sin más de la habitación? —terminó por mí—. Sí.

Di un bote.

—No te he mentido.

Enarcó las cejas y yo decidí ignorar aquella mirada.

—¿Por qué lo haces? Eres el rey. Seguro que hay faes a los que podrías confiarle la tarea de hacer guardia.

—No hay nadie en quien confíe lo suficiente como para hacer guardia...

—¿Aparte de tu hermano y de Tink? —lo interrumpí.

—Confío en ellos hasta cierto punto.

Recordé la sensación de antes en el jardín. La mezcla de emociones reapareció.

—Si de verdad tienes que preguntar por qué soy yo el que está vigilándote, es que no he sido lo suficientemente claro —añadió.

Sí que lo había sido; era yo la que estaba intentando ignorar sus razones. Tal vez por eso respondí más borde de lo que pretendía.

—Me sorprende que no estés ocupado con... —Conseguí no terminar la frase.

—¿Con quién? —Curvó una comisura de la boca—. ¿Con Tatiana?

Aparté la mirada.

—Te vi en el jardín, Brighton. No estaba allí con Tatiana, pero parece que allá donde vaya esta semana, Tanner siempre me encuentra con ella a la zaga.

Mantuve el rostro inexpresivo.

—No debería haber dicho nada. Ni siquiera sé por qué lo he hecho. Y tú no deberías estar aquí.

—Sé lo que tengo y lo que no tengo que hacer y mantenerte a salvo es una de las cosas que sí. —Bajó la mirada—. Mirarte las piernas seguramente sea de las que no.

¿Las piernas?

Yo también bajé la mirada y vi que se me había resbalado la manta hasta los tobillos y se me veían prácticamente las piernas enteras. Sonrojada, me tapé.

—Ya veo que saberlo tampoco te impide hacerlo.

—Pues tú sabes que no deberías mentirme y sigues haciéndolo —replicó—. ¿Por qué solo tú puedes hacer cosas que no deberías?

Me aferré más a la manta.

—Te lo voy a decir por última vez, yo...

—¿Te he contado alguna vez que mi madre siempre sabía cuándo mentía? —me interrumpió y me descolocó.

Sacudí la cabeza.

—No.

—Decía que bajaba la mirada y sonreía siempre que no decía la verdad. No la creí. ¿Qué persona sonríe cuando miente?

—Buena pregunta —murmuré.

—Entonces empecé a prestar atención y vi que tenía razón. Cada vez que mentía, bajaba la mirada y sentía que se me curvaban los labios hacia arriba. No era una sonrisa de oreja a oreja, pero tenía razón. —Sonrió mientras pasaba una mano por la sábana y dibujaba algo con el dedo de forma distraída—. Obviamente, desde que supe que tenía razón he dejado de hacerlo. Sin embargo, nunca supo cuándo mentía Fabian. Eso me molestaba muchísimo.

Fui incapaz de fingir que no me importaba.

—No parece ser de los que mienten mucho.

Caden resopló.

—Fabian mentía en si había terminado de estudiar o dónde estaba cuando se suponía que debía estar entrenando. Mentía tanto como yo, pero nunca con cosas importantes.

—¿Y tú sí?

—Solo una vez. —Clavó sus ojos en los míos—. Pero fue mucho después de que aprendiera a ocultar mis mentiras, no hace tanto.

Me acordé de cuando me dijo que lo que había pasado entre nosotros no había sido real. Se me revolvió el estómago cuando aquella sensación terrible resurgió. Ahora yo estaba haciendo lo mismo que él.

—Mi madre estaría muy decepcionada si se enterase de lo buen mentiroso que soy ahora —comentó.

Me atreví a mirarlo rápido.

—¿Qué les pasó a tus padres?

—Murieron durante la guerra contra la corte de invierno —respondió con la voz teñida de dolor.

—Lo siento.

—Gracias. Murieron luchando por su pueblo. Sé que ambos lo hicieron con honor, así que me consuelo con eso —dijo mientras sacudía la cabeza.

—¿Qué?

—Ni siquiera debería estar admitiendo esto; es una muestra de lo egoísta que puedo llegar a ser, pero... me consuela saber que no estaban vivos para ver en lo que me convertí.

De repente sentí compasión por él.

—Aquello no fue culpa tuya. Estabas bajo el hechizo de la reina. No creo que tus padres te recriminasen nada.

—No lo habrían hecho. —Sus ojos se cruzaron con los míos—. Y eso me cuesta más comprenderlo.

—Te entiendo —susurré.

Caden permaneció en silencio durante un momento.

—Pareces agotada —dijo. No me lo tomé mal—. ¿Has estado teniendo muchas pesadillas?

—La de esta noche ha sido la primera —confesé—. Y tampoco he tenido más alucinaciones.

—No me sorprende que tengas pesadillas, yo también las tengo. —Cuando lo miré, vi la verdad en sus ojos—. Deja que me quede contigo esta noche. Sé que, si estamos juntos, no las tendremos ninguno de los dos.

Abrí la boca para responder.

—Caden...

—Deja que me tumbe a tu lado para que ambos podamos dormir bien. Eso es lo único que quiero. Nada de expectativas ni de conversaciones —dijo, aunque más bien sonó a súplica—. Deja que me quede a tu lado esta noche.

Sabía que debería negarme, que era mala idea a pesar de que solo fuese a tumbarse a mi lado. Dormir juntos era algo demasiado íntimo y significativo, y luego me costaría más distanciarme de él.

Aun así, Caden también tenía pesadillas, y por mucho que quisiera hacerme la dura, no podía. Asentí a sabiendas de que me arrepentiría luego y me coloqué bocarriba.

—Gracias —susurró. Aquella palabra se me coló bajo la piel.

Caden se quitó los zapatos y no tardó en apagar la luz y subirse a la cama, a mi lado. Creo que se me cortó la respiración un poquito. A pesar de no tocarnos, lo sentía ahí. Cuando me armé de valor para mirarlo, lo hallé tumbado de costado hacia mí y con los ojos cerrados. Vi su mano apoyada en la cama a la altura del pecho. Yo también cerré los ojos y copié su postura. Mi mano, como si cobrara vida propia, se movió poco a poco hacia la suya. Después, me quedé dormida.

Y no volví a tener pesadillas.

CAPÍTULO 8

Mi casa parecía estar igual que cuando me fui.

Los cojines grises y blancos estaban bien colocados en los extremos del sofá. Había una pila de libros en la mesa auxiliar. Varios ratoncitos de peluche estaban recogidos junto a la mesita del vestíbulo, donde estaba el correo. Justo encima estaban las zapatillas blancas y negras de Tink. La cocina estaba impoluta, hazaña imposible con Tink viviendo allí.

Dirigí la vista hacia el salón. Allí me había secuestrado Aric. Me había estado esperando y yo entré como si nada, ajena a su presencia. Sabía que, de cerrar los ojos, oiría su voz.

«He oído que me estabas buscando».

No cerré los ojos; aun así, fue como si me susurrara al oído.

—Intenté dejar las cosas como las tenías. —Ivy se movió frente a mí. Llevaba el pelo rojo y rizado recogido en un moño suelto—. Incluso he barrido.

—La verdad es que he sido yo quien ha barrido —intervino Ren al tiempo que bajaba por las escaleras. Había subido en silencio cuando entramos. Al instante supe que estaba revisando las habitaciones y asegurándose de que no hubiese nadie.

Ivy puso los ojos en blanco.

—Pero fui yo quien te dio lo que necesitabas para barrer.

—Entonces fue un trabajo conjunto. —Pasé la mano por la parte trasera del sofá—. Gracias, chicos. No sabía qué esperar al volver.

—No te preocupes. —Ivy bajó la mirada cuando Dixon salió de la cocina y se frotó contra sus piernas. Se agachó y le acarició detrás de las orejas.

Ren se apoyó contra el pasamanos de la escalera.

—¿Seguro que estás preparada para volver?

—Más que preparada. —La sonrisa que me obligué a esbozar fue tan falsa como la piel sintética.

Ambos intercambiaron una mirada y supe que querían preguntarme muchas más cosas. Luce me había examinado por la mañana y después de concertar una cita para verla el fin de semana siguiente, me había dado luz verde para irme del Hotel Faes Buenos. Esperaba que Tink viniese a verme, pero me enteré de que ya estaba en casa con Fabian y Dixon. Fueron Ivy y Ren quienes vinieron. Por lo visto, Caden les había pedido que me trajesen, aunque no tenía ni idea de qué les habría dicho.

Para cuando desperté a la mañana siguiente, él ya se había ido. Debía confesar que llevaba muchísimo tiempo sin dormir tan bien. Al amanecer, todavía dormida, había notado cómo la cama se movía y también sus labios en mi frente. Me repetí una y otra vez que todo aquello había sido fruto de mi imaginación.

—Bueno, si necesitas algo, sabes que cuentas con nosotros —dijo Ren al tiempo que Dixon se acercaba a mí meneando la punta blanca de su cola gris—. Y aunque no nos necesites, aquí estamos.

—Patrullaremos con regularidad —me informó Ivy. Les habían contado lo del traidor de la corte de verano, pero no todo, tal y como convenimos.

—Tu móvil está en la encimera de la cocina —me comentó Ivy mientras Dixon se estiraba y pegaba las patitas a mis piernas. Lo levanté del suelo y hundí la cara en su pelaje sedoso mientras ella añadía—: Ah, por cierto, Miles me ha dicho que lo llames en cuanto estés preparada o que te pases por el cuartel general.

Asentí aún con la cara escondida en el pelaje de Dixon.

—Lo más probable es que quiera ver si estoy en plenas facultades y si he contado algún secreto de la Orden.

—No lo ha sugerido como tal, pero... —Ivy se quedó callada.

Sonreí. Miles era la persona más directa e inexpresiva que conocía, más que Faye. Iba siempre al grano y su prioridad era averiguar si había desvelado algún secreto de la Orden.

—Seguro que se alegra cuando se entere de que a Aric parecía darle igual la Orden —respondí al tiempo que Dixon ronroneaba.

—Tal vez se enfade —comentó Ren.

Resoplé y alcé la cabeza para echar un vistazo a la habitación soleada.

—¿Qué le ha parecido que haya alguien de la corte de verano conspirando con los faes de invierno?

—Ha hecho lo mismo que cuando se entera de todo —respondió Ivy—. Ha levantado las cejas, se ha quedado callado un minuto y luego ha dicho algo en plan: «En todos lados hay siempre una oveja negra».

—Suena muy de Miles —dije secamente—. Ojalá no hiciese falta decírselo, pero los miembros deben estar alerta.

—Estoy de acuerdo. —Ren se cruzó de brazos—. No todos los miembros de la Orden han bajado la guardia, pero se han vuelto laxos y eso les puede costar la vida.

Y por eso precisamente tenían que saberlo.

—Sigo sin entender cómo es posible. —Ivy sacudió la cabeza y un mechón le tapó el ojo—. Ya de por sí que apoyen el regreso de la reina es terrible, pero que encima ayuden a la corte de invierno cuando usan drogas como el aliento del diablo para anular a los muchachos... No tiene sentido.

No lo tenía, no.

—Aric dijo que quien fuera tenía sus razones. No recuerdo que me contase nada más. Tienes razón, no le encuentro el sentido por ningún lado.

—Me da la sensación de que hay algo que se nos escapa —comentó Ren—. Le he estado dando vueltas y no encuentro ninguna razón por la que un fae de verano quisiera que la reina viniese a este mundo, sobre todo teniendo a su ilustre y maravilloso rey.

Esbocé una sonrisita.

—Sí, no es que estén sin líder ni nada. Lo único que se me ocurre es que alguien quiera vengarse del rey y prefiera arriesgar el mundo para ver cómo se lo cargan o lo vuelven a convertir en el malo.

Se me cayó el alma a los pies al pensarlo.

—Pero ¿qué tipo de venganza llevaría a un fae de verano a tales extremos? Si Caden volviese a caer bajo el hechizo de la reina, tendrían un problema aún mayor entre manos.

—Entonces a lo mejor esperaban que Aric o la reina matasen a Caden —sugirió Ivy. El corazón me dio un vuelco—. Que se lo cargaran para que otra persona ascendiese al trono.

Fruncí el ceño y rumié aquella idea.

—Pensaba que el único que podía ser rey era él porque aceptó la corona o algo así. Que, si abdicaba, Fabian no ascendería y la corte se quedaría sin rey. No tengo ni idea de qué le pasaría a la corte si Caden muriese. —Me supo fatal decir aquello último.

—Buena pregunta —comentó Ren—. Pero dudo que Fabian la responda. Probablemente sospeche que tramamos la muerte de su hermano.

—Puedo preguntarle yo. —Me presté voluntaria.

Ivy miró por encima del hombro hacia la puerta lateral que daba al jardín.

—Odio tener que preguntarte esto, pero Fabian no quiere ser rey, ¿verdad?

—Creo que no —respondí con sinceridad mientras Dixon frotaba su naricita contra mi hombro—. Creo que hay ciertas... obligaciones que dudo que Fabian quiera cumplir.

Caden tampoco, pero eso no venía al caso.

—Entonces, ¿por qué querrían destronar a Caden? —insistió Ivy apretando los labios—. Parece estar haciéndolo bien y no es ni cruel ni injusto.

Tenía razón, aunque creía que Caden tampoco quería ser rey antes de ascender. Se había sentido en la obligación antes siquiera de que lo nuestro llegase a ser algo más. Estaba dispuesto a apartar sus obligaciones incluso ahora, aunque eso nadie lo sabía cuando Aric me había tenido secuestrada. Los faes que sabían que había roto su compromiso eran los únicos en quienes confiaba al cien por cien.

Tal vez las razones del traidor no tuviesen que ver con Caden. De ser así, volvíamos a la casilla de salida. ¿Por qué conspiraría un fae de verano con uno de invierno?

Sin saber por qué, terminé pensando en el antiguo líder de la Orden. David Cuvillier había traicionado a la Orden ayudando a la corte de invierno y a la reina. Lo había hecho por temor y resignación, porque creía que no tendríamos nada que hacer contra ellos. ¿Pensaría lo mismo el traidor de la corte de verano?

El miedo podía volver a alguien valiente.

Pero también convertirlo en el peor de los cobardes.

CAPÍTULO 9

—¿Siguen Fabian y Tink en el jardín? —preguntó Ivy. Aquello me sacó de mis pensamientos turbulentos.

Ren asintió.

—Sí, no tengo ni idea de lo que están haciendo. Probablemente debería ir a molestarlos.

Lo vi encaminarse hacia la cocina sonriendo, echarle la cabeza hacia atrás a Ivy y darle un beso en los labios.

Un ramalazo de envidia y celos me atravesó, así que volví a esconder el rostro en el pelo de Dixon. El gato ronroneó más fuerte, como un pequeño motor. Un momento después me fijé en que Ivy se había acercado. Alcé la mirada y no me sorprendió ver preocupación en su expresión.

—Quiero saber si todo va bien, pero sé que es una pregunta tonta, así que intentaré contenerme —dijo conforme se colocaba a mi lado—. ¿Qué tal la vuelta?

—Bien y rara a la vez —admití. Si alguien podía entender cómo me sentía, esa era Ivy. A ella también la habían secuestrado—. Me parece surrealista.

Ella asintió.

—Cuando me secuestraron, hubo veces en las que pensé que nunca volvería a ver mi apartamento o a la gente que quería. El primer día que volví a casa fue muy raro.

Yo también había tenido momentos en los que no creía que fuese a salir con vida de aquella pesadilla.

—Que Ren y Tink estuvieran apoyándome me ayudó. Si no hubieran estado a mi lado, lo habría asimilado y procesado todo con el tiempo, pero tenerlos lo hizo más fácil. —Rascó a Dixon detrás de las orejas a la vez que me miraba a los ojos—. ¿Puedo darte un consejo? No te cierres a la gente que quiere ayudarte.

—No lo he hecho.

Enarcó las cejas.

Suspiré.

—Ahora mismo está complicada la cosa. Eso es lo único que puedo decir.

—No tienes por qué contarme nada —respondió Ivy—. Tú solo recuerda que aquí estoy por si alguna vez quieres hablar.

—Lo sé —le aseguré.

Al final, Ren regresó con Tink y Fabian. Me costaba mirar al hermano de Caden sin ver el innegable parecido que tenía con él en el pelo rubio y en la forma del mentón. Después de un rato, Ivy y Ren se marcharon y Dixon se pegó a Tink. Yo, no sé cómo, terminé en el sofá espachurrada entre Tink y Fabian y sepultada bajo una pequeña montaña de mantas. No me preguntaron cómo estaba ni qué me pasaba, Tink simplemente puso la que debía de ser su película favorita ajeno al suspiro resignado de Fabian: *Crepúsculo*. A estas alturas ya la había visto unas cien veces y era capaz de recitar los diálogos a la vez que Tink, pero no me quejaba. Bueno, con *Amanecer* sí que lo haría. Toda esa trama me tocaba muy de cerca ahora mismo. Pedimos pizza y, como me habían dado luz verde para comer lo que quisiera, me vine un poco arriba y me zampé casi la mitad yo sola. Por una vez Tink no me hizo ningún comentario, aunque podía ver que se moría de ganas por soltar que ahora estaba comiendo por dos. Se esforzó todo lo que pudo y mantuvo la boca cerrada.

Conseguí relajarme entre ellos y, para cuando empezó *Eclipse*, ya casi me había quedado dormida. No sé por qué pensé en la comunidad de Florida, pero ideé un plan que creía que podría funcionar.

En cuanto Fabian se marchó, me giré hacia Tink, que había estado peinando a Dixon.

—¿La comunidad de Florida es muy grande? ¿Es como el Hotel Faes Buenos?

—Más, creo. Puede que sean varios miles de faes y no viven en ningún hotel ni usan sus poderes para ocultar su hogar. Tienen varias urbanizaciones privadas juntas y construidas junto a la playa. Fue muy inteligente que las cerraran. —Movió el peine por el lomo de Dixon—. Como solo se puede entrar con autorización, las playas están más vacías. La gente se piensa que los que viven allí son superricos o algo.

—¿Viven humanos allí?

Asintió.

—Algunos faes salen con ellos.

Me alegraba.

—¿Te gustó?

Tink se encogió de hombros mientras miraba la pantalla para ver cómo Jacob se transformaba en lobo.

—Sí.

—¿Y Fabian? Él suele pasar tiempo allí, ¿verdad? ¿Tiene pensado volver?

—Creo que a la larga sí. —Frunció el ceño—. ¿No te has preguntado nunca por qué Bella no podía quedarse tanto con Jacob como con Edward?

—¿Qué?

—Me refiero a que Edward ha vivido durante mucho tiempo, así que debe de estar aburrido de lo mismo. Y Jacob es un lobo. Seguro que los dos han visto y hecho cosas más raras —razonó—. Además, compartir es vivir.

Me lo quedé mirando y sacudí la cabeza.

—No, nunca lo había pensado.

—Pues qué aburrida eres.

Ignoré ese último comentario.

—¿Crees que yo podría vivir allí? ¿En la comunidad de Florida?

Volvió a retomar la tarea de peinar a Dixon y se centró en su cola.

—¿Por qué quieres ir allí?

—Me vendrían bien unas vacaciones.

Tink me miró.

—Probablemente sí.

Respiré hondo.

—Si Caden no elige pronto a una reina, al final se me terminará notando. Y no es fácil disimular un embarazo.

—Un momento. —Dejó el peine a un lado, agarró el mando y pausó la película. Me miró—. Básicamente quieres ir para esconderte.

—Y para relajarme. Tengo ahorrado bastante dinero y estoy segura de que a Miles no...

—¿Quieres esconderte en una comunidad fae para pasar los últimos meses de embarazo?

—Nadie de allí tiene por qué saber quién soy, ¿no? No creo que ni Fabian ni tú le dijerais a nadie que yo era la humana a quien el rey se estaba tirando.

—Claro que no, aunque habría sido un cotilleo de lo más jugoso. Pero ¿de verdad crees que Fabian no va a saber quién es el padre?

Abrí la boca.

—No se creerá ni por un segundo que su hermano no lo es —repuso antes de que yo pudiera responder—. Lo estarás poniendo en una situación en la que tendrá que mentirle descaradamente a su hermano o traicionarte a ti.

Cerré la boca. Mierda.

—No había pensado en eso.

—Obviamente.

—No, en serio. —Me hundí en el sofá, sorprendida por que se me hubiera olvidado ese detalle tan importante—. Es como si mi cerebro aún no estuviese a pleno rendimiento.

—Creo que estás muy desesperada y la gente desesperada hace y piensa cosas estúpidas.

—Vaya, gracias.

Tink permaneció inmóvil durante un instante y luego me colocó a Dixon en el regazo.

—¿Puedo ser sincero contigo un momento?

Lo miré de soslayo.

—Pues a mí me ha parecido que hace poco has sido muy sincero.

—Voy a serlo aún más. En plan, supersincero. El más sincero del mundo mundial.

—Creo que lo he entendido.

—No, no lo entiendes. —Se inclinó hacia mí mientras Dixon se levantaba en mi regazo y lo miraba—. Comprendo por qué estás haciendo todo esto, de verdad. Quieres salvar el mundo y blablablá. Sí, todo muy honorable. No me opondré a tu necesidad de hacerte la mártir.

—No me estoy hac...

—Pero sí que me ha quedado clara una cosa y es que estás mal de la cabeza.

—Vaya —murmuré.

—¿Cómo es posible que hayas creído que esa idea de esconderte con el hermano del padre de tu bebé en una comunidad fae es motivo suficiente para interrumpir *Eclipse*? Pero no solo por eso. ¿De verdad piensas que Caden va a casarse con otra por mucho que se crea que no lo amas?

Se me cayó el alma a los pies.

—Tiene que hacerlo.

—No tiene que hacer una mierda, Light Bright. Me da la sensación de que todos, incluidos Tanner y Faye, os olvidáis de eso. Para empezar, él nunca quiso ser rey y, por si no os habíais dado cuenta, ya es mayorcito. Además, aunque al final decida seguiros el rollo con todo eso de elegir reina, ¿crees que va a dejar que te vayas sin luchar por ti? Y no lo digo en sentido negativo y superposesivo, no, sino de esa forma que a todos nos gustaría que alguien a quien queremos luche por nosotros.

Toda la pizza que había comido estaba empezando a revolverme el estómago.

—Tengo una pregunta muy importante para ti, una para la que necesito que pienses largo y tendido antes de responder —prosiguió—. ¿De verdad crees que vas a poder cortar de raíz lo que sientes por él? ¿Serás capaz de apartarte y ver cómo se casa con otra? ¿Serás capaz de resistirte a él y a lo que sientes cuando *luche* por ti?

* * *

No respondí la pregunta de Tink y él tampoco esperaba que lo hiciera, pero sí que pensé en ella. Me pasé el resto del día y buena parte de la noche pensando en ella. Cada vez que decía que sí, que podría resistir los intentos de Caden, oía una risita en el fondo de mi mente.

Pero ¿qué otra opción tenía?

Sin haber pegado ojo me bebí un vaso de zumo de naranja y me zampé un montón de huevos antes de tomarme las vitaminas prenatales. Me encaminé a la planta superior con la cabeza hecha un lío.

Despacio, recorrí el pasillo de la planta de arriba, pasé junto a la puerta cerrada del despacho y la habitación que Tink se había apropiado y me dirigí hacia la otra puerta cerrada: la que daba al dormitorio de mi madre.

Podría usar esa habitación para el bebé. El estómago me dio un vuelco como cada vez que pensaba en que esta había sido una idea estúpida, pero había muchísimos otros sitios. Aunque, si me quedaba aquí, la habitación sería grande. Como la que antes se había usado para eso hacía años era un vestidor, esta era la única opción que quedaba. Bueno, a menos que Tink me cediese la suya. Su habitación era más pequeña. Seguro que prefería quedarse con la más grande, ¿verdad?

Abrí la puerta de mi dormitorio y me detuve de golpe en el umbral. Anoche no me había fijado cuando me metí en la cama; estaba demasiado inmersa en mis pensamientos. Ahora lo catalogué absolutamente todo en busca de algo que hubiera cambiado. Las cortinas estaban descorridas para dejar que la luz del sol bañara la estancia; la colcha suave y de color crema, estirada y alejada de las mullidas almohadas. Al lado de la cama había un par de zapatillas que apenas usaba. Una manta gruesa y suave cubría el sillón junto a la ventana. Todo parecía estar igual. La habitación incluso olía tal y como recordaba. A piña y a mango.

Pero *yo* no era la misma.

Desvié la vista hacia el vestidor. Me obligué a avanzar. Abrí la puerta y encendí la luz. Lo primero que vi fueron las pelucas de varios colores y formas, las botas altas, los tacones de aguja y los vestidos ajustados. Todo aquello había servido para ocultar mi identidad mientras cazaba a los faes responsables de la muerte de mi madre. Ya no me hacían falta; había conseguido mi objetivo. Todos estaban muertos, pero esas pelucas y vestidos...

Se habían vuelto una parte importante de en quien me había visto obligada a convertirme. Pasé una mano por un vestido rojo de licra que hacía cinco años jamás me habría atrevido a ponerme. Los vestidos, las pelucas, los tacones... me habían ayudado a encontrar a los faes que mataron a mi madre, pero también me habían dado la confianza y seguridad en mí misma que tanto me faltaba.

Pero esa no era yo. Estas prendas solo eran palabras escritas en sangre y lágrimas para un capítulo que había llegado a su fin.

De pronto me di la vuelta y bajé corriendo a la despensa. Agarré bolsas de basura negras, regresé al vestidor y empecé a vaciarlo. Lo tiré todo: las pelucas, los tacones, los vestidos... Bueno, *casi* todo. No pude deshacerme de las botas a media pierna o del vestido de lentejuelas plateado. Aquellas botas eran sorprendentemente cómodas y el vestido...

Era el que me había puesto cuando maté a Tobias, uno de los faes a los que había estado buscando.

Y también el que llevaba la primera vez que me encontré cara a cara con Caden en aquella discoteca.

Solo por esa razón debería tirarlo con los demás, pero lo volví a colgar entre la chaqueta gruesa y extragrande y la americana que nunca me ponía.

Abrí los cajones de la cómoda del centro y solté un suspiro de alivio al ver las dagas y las pulseras de hierro de repuesto que guardaba. Lo cerré y luego agarré mi estuche de maquillaje. Abrí todo y hurgué en busca del maquillaje más intenso, lo que no me pondría ni siquiera para un evento pomposo.

Aunque tampoco iba a muchos, la verdad.

Arrojé el maquillaje a una antigua bolsa de supermercado y salí...

Caden se encontraba en la puerta del dormitorio con los brazos cruzados. Llevaba una camiseta gris y no le quitaba el ojo de encima a las bolsas de basura.

Levantó la barbilla y el mundo pareció detenerse cuando nuestras miradas se encontraron. Tenía el pelo peinado hacia atrás y era como si los rayos del sol se sintieran atraídos por la simétrica perfección de su rostro.

Como no había esperado verlo allí, el corazón casi se me había saltado del pecho, pero ya había vuelto a su sitio y latía acelerado, aunque no por la sorpresa.

Caden era... guapísimo. Pura masculinidad. Por muy superficial que pudiera sonar, podría quedármelo mirando todo el día, y seguro que él lo sabía. El calor inundó mis mejillas y bajó por mi garganta. Me llevó un momento recuperar la capacidad para hablar.

—¿Cómo has entrado?

Esbozó una sonrisa torcida.

—Sabes que no soy un vampiro, ¿no? No necesito permiso para entrar en una casa.

Entrecerré los ojos.

—Estoy completamente segura de que la puerta de la calle estaba cerrada.

—Sí.

Enarqué las cejas.

—Tink me ha abierto —respondió al fin con un brillo de diversión en los ojos.

Tenía que hablar muy seriamente con Tink y su costumbre de dejar entrar a Caden. Esta no era la primera vez, pero, joder, ya debería haber aprendido.

Descruzó los brazos y sus músculos hicieron cosas interesantes bajo su camiseta.

—¿Haciendo limpieza?

—Algo así.

—¿Qué vas a hacer con todo eso?

Bajé la vista hasta las bolsas de basura a rebosar.

—Había pensado en donarlo a la beneficencia o a un refugio para mujeres. —Arrugué la nariz—. Aunque probablemente se preguntarán si una prostituta ha decidido cambiar de armario.

—Una prostituta de lujo —musitó Caden, y yo crispé los labios al oírlo—. Debo decir que me alegra que vayas a deshacerte de todo eso.

Casi le solté que me importaba una mierda lo que opinase, pero si lo hacía, disminuiría el significado de lo que implicaba deshacerme de todas estas prendas.

—Aunque... —Hundió la mano en una bolsa y sacó una de las botas altas hasta la rodilla que costaba la misma vida quitarse—. Voy a echar de menos estas.

Me precipité hacia delante, le arrebaté la bota y la volví a meter en la bolsa. Caden sonrió como si le hiciera gracia lo que acababa de hacer. El estómago me dio un vuelco y de pronto recordé la pregunta de Tink. ¿Sería capaz de resistirme a Caden?

—¿Qué te ha impulsado a deshacerte de todo eso? —Señaló las bolsas con la barbilla.

Retrocedí y me crucé de brazos. Como siempre, me resultó casi imposible no abrirme a él. No tenía ni idea de por qué me pasaba eso cuando estaba cerca.

—Son disfraces... La ropa, las pelucas, todo. Ya no los necesito.

—¿Se terminaron las salidas nocturnas entonces?

Una imagen de mí misma con un vestido ajustado y embarazada de varios meses apareció en mi mente y resoplé.

—Sí, eso parece.

—¿También lo de salir a patrullar?

Buena pregunta.

—La Orden no me ha encargado que lo haga, pero... me gustaba. —Cuánto tiempo sería capaz de hacerlo sin correr riesgos era otra cosa—. Supongo que saldré, pero sin buscar a ningún fae en particular.

Apretó la mandíbula como si no le gustara la idea de que quisiese patrullar, pero fue listo y no dijo nada en voz alta.

Durante el silencio posterior, miré las bolsas.

—Todo lo que hay en esas bolsas no soy yo, ¿sabes? Eran como disfraces y ya no me hacen falta.

—Me alegro —respondió—. Representan un capítulo de tu vida que ya se ha cerrado.

Parpadeé sorprendida; había acertado de lleno en cómo me sentía. Era cierto que me conocía mejor que nadie. De pronto me entró miedo y se me secó la boca.

—¿Qué haces aquí, Caden? Sé que lo de anoche ha podido confundir más las cosas, pero estoy segura de que fui muy clara contigo.

—Sí, lo fuiste.

—Entonces, ¿tengo que repetirte la pregunta?

—Si te hace sentir mejor, adelante.

—No me hace sentir mejor.

—Bien, porque no quiero que te sientas mal. —Dio un paso adelante y yo me tensé. Esa reacción no tenía nada que ver con las secuelas que me había dejado el secuestro de Aric—. Quiero que estés bien. Que seas feliz. Que te sientas segura y cuidada. Querida. Amada.

Ay, Dios.

Los añicos de mi corazón empezaron a ensamblarse, pero no podía permitirlo. Un corazón reparado a la larga terminaría doliéndome más.

Caden dio otro paso adelante y yo retrocedí hasta que mis piernas chocaron con la cama.

—¿Has dormido bien esta noche? Yo sí. Mejor que en años, lucero.

Mi corazón brincó. «Lucero». Me llamaba así porque decía que me vio sonreír una vez y fue como si el sol por fin saliese por el horizonte. Aquello fue lo más amable y dulce que me habían dicho.

—Ha llegado la hora.

Levanté la mirada.

—¿De qué?

—De esa conversación que te dije que tendríamos cuando terminaras de procesar todo lo que te había sucedido. Pero ya veo que no contamos con el lujo de todo ese tiempo —repuso—. Lo sé, Brighton.

Se me cortó la respiración.

—¿Qué es lo que sabes?

Me miró fijamente a los ojos.

—*Lo sé.*

CAPÍTULO 10

Por lo visto las piernas me fallaron, porque de pronto me encontré sentada en el borde de la cama.

¿Lo... lo sabía?

¿Cómo?

Bueno, había muchos cómos. Cuatro tenían nombre. No creía que Tink le hubiese dicho que estaba embarazada, pero los otros tres podrían haber estado marcándose un farol al asegurarme que no dirían nada.

—¿Qué sabes? —repetí.

Caden ladeó la cabeza como siempre que se concentraba en mis emociones. Estaba segura de que estaba tratando de percibir lo que sentía.

—Sé que te han informado de lo que pasará si no me caso con Tatiana o alguna otra fae de la corte —respondió.

Abrí la boca con el corazón aporreándome las costillas. Me mareé del alivio, tanto que casi me eché a reír. No lo *sabía*, no lo importante.

Volvió a ladear la cabeza y supe que debía controlar mis emociones. Pasé las manos por mis rodillas flexionadas; no tenía sentido mentir acerca de lo que me había enterado.

—¿Te refieres a que tu corte se vendría abajo, a que te destronarían y te quedarías con una mano delante y otra detrás? ¿A que los faes de verano se debilitarían, lo que con el tiempo acarrearía que el mundo se fuese a la mierda? ¿A que *tú* te debilitarías?

Caden suavizó la expresión mientras hablaba y las alarmas sonaron bien fuerte en mi cabeza.

—Me honras, lucero.

Parpadeé.

Él avanzó con pasos lentos y mesurados.

—No hace falta que te preocupes por mi porvenir, yo no lo hago.

—Para ti es fácil decirlo —repliqué—. Y me inquieta que a ti no te preocupe.

Caden se sentó. Su figura pareció engullir la cama.

—Estaré bien con o sin el trono, pero no sin ti.

El corazón me dio un vuelco y cerré los ojos.

—Ojalá no dijeses cosas así.

—¿Por qué? —preguntó en voz baja.

—Porque es perfecto. Es lo que siempre... —Era lo que siempre había querido oír, ese era el problema—. Ojalá no dijeses cosas así.

—Dudo que prefieras que mienta.

En este caso lo preferiría.

—Por eso has intentado apartarme de ti —dijo. Abrí los ojos cuando pronunció «intentado». Me estaba mirando fijamente con una sonrisa—. No es porque no me desees o no me ames, es porque crees que estás haciendo lo correcto.

—Claro que lo estoy haciendo —espeté.

Él ensanchó la sonrisa.

—No hacía falta que confirmaras que tengo razón, pero gracias por hacerlo.

—Da igual si tienes razón o no. —Me levanté y sacudí la cabeza—. Da igual cómo nos sintamos tú y yo.

—No da igual si crees estar haciendo lo correcto. Si estás dispuesta a hacer lo correcto. Al menos a mí no me da igual. —Me miró con los ojos cargados de cariño—. ¿Sabes lo que eso dice de ti?

—Sí, que soy valiente, altruista o algo así. —Hice un gesto con la mano para quitarle hierro al asunto—. Preferiría ser egoísta.

—Pero jamás cobarde, ¿no?

Ni siquiera tuve que pensármelo.

—No.

—Ya me parecía. —Sus ojos rebuscaron en los míos—. Te voy a preguntar una cosa, Brighton, y quiero que seas sincera. *Necesito* que lo seas. ¿Me amas?

Tensé los hombros e hice amago de responder con una mentira. Sin embargo, él ya sabía la verdad; imaginaba que solo quería oírme decirla. Fuera como fuese, no me veía capaz de mentirle otra vez.

—Te amo, Caden. —Se me quebró la voz mientras me cruzaba de brazos y me abrazaba la cintura—. Creo... creo que me enamoré de ti en cuanto entraste en el Flux y dejaste que fingiera estar bajo el influjo de un fae. Sé que suena raro, pero siempre he podido contarte cosas que no le he contado a nadie más. Por extraño que parezca, me siento cómoda contigo, algo que jamás me ha pasado con otro hombre. Aunque tú eres perfecto y yo soy todo lo opuesto. Eres inteligente y divertido, incluso cuando intentas molestarme. Eres sensible, a pesar de que mucha gente no se lo espera. Así que sí, te amo, Caden.

Él cerró los ojos brevemente. Al abrirlos fue como si dos llamas los iluminaran desde dentro.

—¿Sabes que los faes creemos que una parte de nuestra alma se libera cuando nacemos y que ese trozo se aloja en el interior de ella?

Recordé lo que Luce me había dicho sobre las dos almas y el *mortuus* y tuve la ligera sospecha de que lo que estaba a punto de decir me iba a hacer llorar.

—Encontré esa parte de mi alma en Siobhan. Cuando la mataron, jamás creí que volvería a dar con ella, aunque los faes creemos que, al morir, esa parte vuelve a liberarse. Verás, tuve suerte de encontrarla. No todos los faes encuentran el trozo de alma que les falta. Eso no significa que su amor por otras personas no sea real, ojo, pero el amor entre dos almas gemelas es más intenso e inmediato. Puede suceder con solo una mirada. —Se llevó la palma al pecho—. Lo que hay aquí dentro reconoce lo que le pertenece. La unión de dos almas es un vínculo irrompible.

Me estremecí y reprimí las ganas de lanzarme sobre él y de salir huyendo a la vez.

—Ya te había visto antes de la noche en que sellamos los portales al Otro Mundo. Solo fueron vistazos rápidos, pero sentí un vuelco en el corazón cada vez. Había pasado tantísimo tiempo desde la última vez que sentí algo así que dudé de lo que significaba. Pero aquella noche cuando ayudaste a mi hermano... —dijo con voz más ronca e inclinándose hacia delante—. De alguna forma supe que la parte liberada de mi alma había encontrado otro hogar. Jamás imaginé que te encontraría, que encontraría a la persona que posee la otra parte de mi alma, pero lo he hecho.

Hace unos años lo que acababa de decir me habría parecido una locura. ¿Almas gemelas? Habría respondido que solo existían en los cuentos de hadas. Pero ahora... ahora tenía sentido.

—Por aquel entonces intenté mantenerme alejado. Sentía que temías y desconfiabas de los faes y cuando me di cuenta de que podían usarte contra mí al igual que Siobhan, traté de distanciarme de ti. Cometí un error ambas veces y pasaré el resto de la eternidad tratando de remediarlo.

Suspiró de forma entrecortada.

—Te amo, Brighton. Sé que me enamoré de ti antes de que hablásemos siquiera. Ese amor creció cuando vi lo fuerte y resiliente que eres ahora, cuando descubrí lo inteligente y generosa que eres.

Me ardían los ojos y la garganta. Él prosiguió.

—Mi amor por ti crecía cada vez que me hacías retroceder y me demostrabas que no tenías miedo, y cuando estuviste dispuesta a dejar a un lado lo que soy y viste más allá de lo que había hecho bajo el hechizo de la reina, supe por qué eres mi *mortuus*. Eres mi sol, Brighton. Ya te amaba antes de encontrarte en aquella discoteca, antes incluso de darte el beso de verano.

Me estremecí y retrocedí.

—Caden... —Reprimí las lágrimas—. Lo que acabas de decir es precioso y sé que es real. Tenemos algo inexplicable, pero escucharlo... duele.

—Se supone que no debe doler, lucero. Ojalá hubieses venido a hablar conmigo en cuanto te enteraste de lo que pasaría si no elegía una reina. Creo que te habría evitado mucho dolor.

No sabía si oír esto hacía unos días habría menguado el dolor que sentía.

—¿Y si te dijera que puedes ser egoísta? —exclamó.

Me reí secamente y sacudí la cabeza.

—Ya me he preguntado si podríamos vivir sabiendo lo que hemos arriesgado, Caden, y yo no podría. Sé que tú tampoco.

—Yo no quería ser rey y lo sabes —dijo—. Pero eso no significa que vaya a abandonar a mi corte.

—¿Ves? —razoné—. Estás de acuerdo conmigo. No podemos estar juntos por mucho que queramos. Esta conversación solo nos hace daño.

—Había planeado tener esta conversación contigo en cuanto hubieses tenido tiempo de procesar todo lo que has vivido y aprendido, porque lo que estoy a punto de decirte te sorprenderá —repitió—. Ahora veo que esperar ha sido un error. A veces creemos que hacemos lo correcto y no es así.

Teniendo en cuenta que sabía cosas que él no, dudaba que me fuera a sorprender.

—¿Qué tienes que decirme?

—Ya he elegido reina.

Temblé y sentí cómo el corazón se me retorcía en el pecho. Traté de sentir alivio, pero lo que emergió fueron sensaciones de vacío y amargura. Eso era lo que necesitaba el mundo, pero Dios, cuánto dolía.

—Vale —susurré. No sabía a dónde quería llegar—. Felicidades.

Esbozó una sonrisa torcida.

—Tal vez deba explicarme mejor. Te he elegido a ti, Brighton. Tú eres mi reina.

CAPÍTULO 11

—¿A mí? —chillé. No podía haberlo oído bien. Era imposible.

Caden asintió.

—Sí. Te he elegido a ti.

Me lo quedé mirando durante lo que me pareció una eternidad. El corazón me iba a mil por hora y sentía el estómago revuelto, como cuando te montas en una montaña rusa.

—No puedes elegirme a mí.

—Sí que puedo —respondió—. Y lo he hecho.

—Pero la corte de verano, el mundo...

—Estarán bien. —Estiró los brazos y me agarró de los codos—. Porque eres mi *mortuus* y te he dado el beso de verano.

—¿Y eso qué tiene que ver? —Las lágrimas empañaron mis ojos.

—Ya no eres del todo humana. —Se puso de pie despacio para no sobresaltarme—. Y tampoco eres fae. Llevas un trozo de mi alma en tu interior. Eso te coloca por encima de cualquier fae de la corte de verano. Ni ellos ni el mundo se debilitarán. Y tampoco me destronarán. —Me acarició los codos con los pulgares—. Estaré completo.

La confusión me embargó a la vez que una minúscula semilla de algo más poderoso que la esperanza enraizaba en mi interior. Algunos faes sabían que yo era la *mortuus* de Caden: Tanner y Luce. Me imaginaba que Fabian también lo sabía, al igual que Tink. Y no creía que ninguno fuera a mentirme porque sí.

—¿Y esto se sabe abiertamente? Que tu *mortuus*, da igual si es fae o humana, ¿puede convertirse en la reina?

—No se debe solamente a que seas mi *mortuus*. También es por el beso de verano —me explicó, y sus ojos se tornaron interrogantes—. ¿Por qué?

—Eh... —Yo no le había contado a nadie lo del beso de verano. Luce ni siquiera lo sabía. Tanner tampoco. ¿Caden se lo había dicho a Fabian? En caso de que sí, debió de ocultárselo a Tink, porque este me lo habría dicho. Aquella ínfima semilla creció y se convirtió en una preciosa flor—. ¿Me... me lo estás diciendo en serio?

—¿Por qué iba a mentirte? —Caden subió sus manos por mis brazos.

Mi cerebro dejó de funcionar. ¿Podía tenerlos a él y al futuro que tanto había deseado sin poner en riesgo al mundo entero? Podíamos estar juntos. Nuestro hijo tendría una madre y un padre que se amaban. Me empezaron a temblar las piernas y me liberé de su agarre.

—¿Por qué no me lo dijiste cuando me contaste que habías roto tu compromiso con Tatiana?

—Ahora lo pienso y me doy cuenta de que tendría que haberlo hecho, pero supuse que ya habías pasado por demasiado y me pareció buena idea esperar para contarte que estaba planeando convertirte en mi esposa, así que decidí que hablaríamos después de que tuvieses algo de tiempo para sanar —me explicó—. No esperaba que nadie fuera a hablar contigo antes.

Mi respiración se volvió superficial y acelerada. Lo que decía sonaba razonable. Había tenido en consideración lo que podría o no asimilar teniendo en cuenta que me acababan de secuestrar...

Un momento.

—¿Has dicho... que quieres casarte conmigo?

Sus labios se crisparon.

—Para convertirte en mi reina tendría que casarme contigo, sí.

—¿Me lo acabas de proponer?

Entonces sonrió y en ese momento me pareció mucho más joven.

—Había planeado algo más romántico.

Pensando que me iba a desmayar, me llevé una mano al corazón.

—No me estarás mintiendo, ¿verdad?

—Jamás te mentiría sobre una cosa así. —Levantó las manos y me acunó el rostro. No me encogí. Todo lo que había pasado con Aric había quedado relegado al último rincón de mi mente—. Nunca te mentiría sobre lo que siento o sobre nuestro futuro. Nunca más, lucero.

—Esto... esto no será una alucinación, ¿verdad?

Un destello de angustia cruzó su expresión.

—No, lucero. Es real.

No supe lo que ocurrió después.

Fue como si una especie de sello en lo más hondo de mi ser se rompiese de repente. Traté de decir su nombre, pero lo único que salió fue un sollozo estremecedor. Las lágrimas que tanto había estado luchando por contener me abrumaron. Apenas fui consciente de que Caden me levantó y me sentó en su regazo sobre la cama antes de rodearme la cintura con un brazo y de apoyar la otra mano en mi cabeza.

Y entonces lloré.

Lloré sin parar. Lo que se había abierto en mi interior había sido una caja de Pandora llena de emociones. Lo solté absolutamente todo, tanto bueno como malo. Algunas lágrimas fueron por las heridas que Aric me había infligido, aquellas de hacía años, las que ya no se veían, y también por las que nunca fueron visibles. La muerte de mi madre, cómo nunca me sentí verdaderamente valorada por la

Orden e incluso la pérdida de un padre al que nunca había conocido avivaron el llanto, pero también sentí otra clase de emociones. Sentía tantísimo alivio y felicidad que lo único que pude hacer fue llorar. Y yo nunca había llorado de felicidad.

Pero ahora lo estaba haciendo porque no iba a ver cómo se vinculaba con otra persona el hombre al que amaba. No tendría que alejarme de él sabiendo que jamás sentiría por nadie la misma clase de amor que por él, ni tendría que preocuparme por encontrar a alguien que me quisiera tanto como él. No tendría que ocultarle que estaba embarazada. Podría formar parte de la vida de su hijo desde el principio. No viviríamos en la típica casita rodeada por una valla de madera blanca, pero al menos nos tendríamos el uno al otro.

Tendríamos un futuro juntos. Darme cuenta de eso me hizo llorar incluso más y Caden me abrazó todo el tiempo y me susurró palabras que me recordaron a la música. Era un idioma que no comprendía. Aun así, me consoló hasta que por fin las lágrimas remitieron y los temblores cesaron.

Quería decirle muchísimas cosas, así que levanté la cabeza de su pecho. Necesitaba decirle tanto, pero vi la preocupación en su mirada a la vez que movía la mano hasta mi mejilla. Tenía que contarle que estaba embarazada. Que iba a ser padre. Que lo amaba. Que ahora creía en las almas gemelas. Que las lágrimas no eran solo de tristeza. Que «feliz» ni siquiera empezaba a describir la esperanza, la anticipación, la emoción y las otras cien emociones que sentía en ese momento.

Pero mientras Caden deslizaba su pulgar por mi labio inferior, supe que, si él sentía una décima parte del mismo deseo que yo, ahora no era momento para hablar. El fuego reemplazó la preocupación en su mirada, abrió los labios e hinchó su pecho contra mis manos. La tensión entre nosotros se volvió tan palpable que parecía que hubiera alguien más allí. Me imaginé que hasta podría ver cómo el aire se calentaba y chisporroteaba a nuestro alrededor. Una necesidad primitiva e intensa se instaló entre mis pechos y descendió hasta mis muslos. Un deseo vibrante que no solo acogí de buen grado, sino en el que también me deleité porque era algo más que mera atracción física. Era nuestro amor manifestándose de una forma que no podíamos negar.

Ya habría tiempo para hablar.

Acorté la distancia entre nosotros y besé a Caden. El roce de sus labios contra los míos fue como una descarga eléctrica para mi cuerpo, como tocar un cable de corriente, porque encendió todas mis terminaciones nerviosas. Me estremecí cuando el brazo alrededor de mi cintura me apretó contra su dura erección. Su sabor en mis labios, en mi lengua, era como la ambrosía. Mi cuerpo entero se volvió hiperconsciente de cómo su boca se movía contra la mía, de sus labios tiernos y a la vez duros. De su sabor a luz del sol y a verano en la punta de mi lengua.

Cedí a la creciente marea de sensaciones y balanceé las caderas contra él. Los delgados *leggins* que llevaba no eran barrera para la dureza que abultaba en sus vaqueros. Hundió los dedos en mi pelo y agarró los mechones que se me habían soltado. Un gruñido ronco y profundo salió de su garganta y me recorrió por dentro. Me hormiguearon los pezones y él me estrechó más contra su cuerpo para profundizar el beso. Entonces gemí y él se movió debajo de mí para alinear sus caderas con las mías. Me aferré a su camiseta a la vez que mi corazón martilleaba en mis oídos.

Casi gimoteé cuando Caden rompió el beso. Se echó hacia atrás y me miró fijamente. Me daba igual el aspecto que tuviera después de haber llorado durante a saber cuánto tiempo porque me di cuenta de que él no veía los ojos hinchados, las mejillas llenas de suciedad o lo que quedaba de los moratones y los cortes a medio sanar.

Él me veía a mí.

Solo a mí.

—¿Estás segura? —susurró sin despegar sus ojos de mí—. Podemos llegar hasta el final o tampoco tenemos por qué hacer nada. Yo me contentaría con abrazarte, con besarte y jugar, Brighton. Solo con tenerte en mis brazos ya me vale.

Más lágrimas empañaron mis ojos, pero no me preocupé por si caían o no.

—Por eso mismo estoy segura. —Por su predisposición a esperar, a no hacer nada o a hacer una mínima parte. Por eso sabía que estaba preparada, que no era demasiado pronto—. Te necesito, Caden. Hazme el amor, por favor.

—Jamás me pidas nada por favor. Nunca. —Me acunó las mejillas y se estremeció contra mí—. Todo lo que soy, todo lo que tengo, es tuyo. Soy tuyo.

Caden me besó entonces y, ay, Dios, nadie —*nadie*— besaba como él. Su boca se movió sobre la mía como si estuviera reclamando cada lugar recóndito de mi corazón y de mi alma. Mi camiseta desapareció y luego la suya. Nos pusimos de pie sin dejar de besarnos o de acariciar cada centímetro de piel desnuda. Sus dedos aferraron el elástico de mis *leggins* y me los quitaron, al igual que las bragas que llevaba debajo. Mis manos temblorosas buscaron el botón de sus vaqueros y luego la cremallera. Se los quité y luego él se bajó los calzoncillos negros para liberar su rígida erección.

Caden era... guapísimo. Todo él, desde su torso hasta los duros músculos de su abdomen y la orgullosa muestra de su deseo.

Distraída al verlo, ni siquiera me di cuenta de que me había desabrochado el sujetador hasta que pegó su boca a uno de mis pezones. Grité y fui a hundir los dedos en sus mechones sedosos, pero él se arrodilló primero frente a mí.

Sus labios rozaron las leves cicatrices rosadas de hacía dos años.

—Preciosa. —Ladeó la cabeza y besó uno de los muchos cortes casi curados—. Eres preciosa, Brighton. Toda tú. —Bajó todavía más. Sus labios y su lengua exploraron y saborearon mi piel hasta que su aliento rozó mi zona más sensible. A continuación, movió la cabeza y sentí un lametón en la cara interna del muslo, subiendo y subiendo hasta llegar al interior de mi sexo. Cada vez que su lengua me penetraba, un placer en forma de corriente eléctrica me recorría la espalda—. Especialmente esto.

Acercó la boca al clítoris y eché la cabeza hacia atrás. No hubo un ascenso lento de sensaciones. Sabía perfectamente lo que hacía cuando arrastró los dientes sobre mi piel sensible y suavizó el mordisco con la lengua antes de succionar la carne hinchada. El orgasmo me golpeó de repente. Grité y eché la cabeza hacia atrás mientras ola tras ola de placer me recorrían de pies a cabeza.

Antes de que los temblores cesaran, Caden se puso de pie. No sé cómo terminamos en la cama, su cuerpo encima del mío y colocado entre mis muslos. Su boca encontró la mía una vez más y mi sabor se entremezcló con el suyo.

—He esperado varias vidas para encontrarte —dijo a la vez que me apartaba el pelo de la cara—. Y esperaría muchas más si tuviera que hacerlo.

—No hace falta. —Le toqué las mejillas y luego deslicé las manos por su cuello hasta sus hombros—. No tienes que esperar más. Ni yo tampoco.

Caden se movió y lo sentí junto a mi sexo. Levanté las caderas y aguanté la respiración. Él me miró a los ojos.

—Esto me parece un sueño. Si lo es, no quiero despertar nunca... —Su voz se apagó cuando me penetró de un solo empujón. La presión y la plenitud fueron increíbles, y la incomodidad desapareció a la vez que él soltaba un gruñido suave y aterciopelado—. Lucero.

Entonces solo se oyó el sonido de nuestras respiraciones agitadas y el de nuestros cuerpos al moverse al unísono. Sus caderas se movían hacia delante y hacia atrás y yo las seguía. Una increíble tensión se había empezado a formar otra vez en mi interior.

Caden apoyó un codo en la cama, al lado de mi cabeza, e introdujo el otro brazo por debajo de mi espalda para que mis pechos quedaran pegados a su torso. Su fuerza era sorprendente y de lo más excitante mientras se movía sobre mí. Y en mi interior. Cada embestida era más potente y llegaba más adentro. Mi espalda chocó con el colchón una vez más. Envolví su cintura con las piernas y me moví contra cada una de sus arremetidas hasta que ya no pude más, hasta que el ritmo aceleró y su cuerpo atrapó al mío. Me tensé bajo él y mi sangre se volvió lava al tiempo que todos mis músculos se tensaron a la vez.

—Eso es. —Su voz fue un susurro ardiente en mi oído.

El placer más intenso me sacudió de pies a cabeza y lo único que pude hacer fue agarrarme a él mientras sus caderas me arrollaban a un ritmo demoledor. Nuestras bocas chocaron. Su lengua se entrelazó con la mía y aquella tensión acumulada terminó por restallar fuertemente en mi interior, encendiendo cada célula de mi cuerpo.

El brazo bajo mis hombros me sujetaba mientras Caden arremetía contra mis caderas. Me embistió una vez más, más profundo y con más intensidad, y luego gritó mi nombre a la vez que todo él se sacudía y se vaciaba en mi interior. Estaba acariciándole los costados cuando se estremeció por última vez.

Caden me besó en el hombro y luego en la mandíbula. Sin fuerzas y saciada, lo contemplé con los ojos semiabiertos. Me agarró la mano, se la llevó a la boca y me dio un beso en la palma.

—Tengo que hacerte una pregunta muy importante, Brighton.

—¿Mmm?

Se llevó mi mano al pecho, justo sobre su corazón.

—¿Podemos quedarnos así todo el día?

Una sonrisa apareció en mis labios.

—¿Así? —pregunté. Aún estaba dentro de mí, no tan duro como antes, pero tampoco flácido del todo.

Se mordió el labio inferior y asintió.

—¿Y todo el fin de semana?

—Me... me parecería bien. —Mi corazón latía muy acelerado—. Aunque no creo que podamos quedarnos así.

—No sé. —Movió las caderas y yo jadeé. Su sonrisa se tornó traviesa—. A mí me gusta donde estoy.

Hice amago de estirar el brazo hacia él cuando de pronto un móvil sonó en el suelo. Miré hacia allí con el ceño fruncido. Mi móvil estaba en la planta de abajo.

—Creo que es el tuyo.

—Sí. —Inclinó la cabeza y me besó. La llamada cesó y durante unos cuantos segundos me perdí un poco en él, pero entonces el teléfono volvió a sonar.

—A lo mejor deberías responder.

—Sí. —Caden maldijo por lo bajo—. Perdona.

—No pasa nada —susurré.

Me besó rápidamente otra vez y salió de mi interior antes de ponerse de pie. Mi mirada descendió hasta su culo cuando se agachó para recoger sus vaqueros del suelo.

Lo cierto era que tenía un culazo.

Rodé hasta colocarme de costado. Hacía muchísimo tiempo que no me sentía tan bien.

Caden había sacado el móvil y se lo había llevado a la oreja antes de responder con brusquedad.

—Espero que sea importante.

Enarqué las cejas y empecé a sonreír de oreja a oreja, pero entonces vi que los músculos de su espalda se tensaban. La placentera languidez desapareció.

—Enseguida voy —dijo antes de colgar y de girarse hacia mí.

—¿Qué ocurre?

—Es Benji, el primo desaparecido de Faye. Ha vuelto al hotel.

Al percibir la inquietud en su voz, mis nervios afloraron.

—El reencuentro con su familia no ha sido el esperado, ¿verdad?

—No. —El fuego en los ojos de Caden se había atenuado—. Los ha atacado.

CAPÍTULO 12

Sentada sobre la cama, empecé a examinar el suelo en busca de mi ropa.

—¿Qué ha hecho?

—Podría haber sido peor, pero ha herido a algunos guardias —me contó mientras se ponía los calzoncillos y los vaqueros—. Y le ha hecho mucho daño a su madre.

—Ay, Dios —susurré mientras me ponía los *leggins*—. ¿Ha muerto?

—Lo sorprendente es que no. —Echó un vistazo a mi pecho y se lo quedó mirando hasta el punto de hacer que el calor se acumulara en mis mejillas. Recogió mi sujetador—. Faye y Kalen han podido reducirlo y contenerlo.

Sorprendida, agarré el sujetador y me lo puse enseguida.

—Uff, Caden, esto es importante. Ahora tal vez podamos averiguar de dónde sacan el aliento del diablo, porque vosotros ya registrasteis la discoteca de Neal y no encontrasteis nada.

—Es importante, sí —convino.

Me vestí con un jersey holgado y me remangué.

—Ahora toca hacer hablar a Benji.

—Y es más fácil decirlo que hacerlo. —Se puso la camiseta antes de añadir—: Acuérdate de Elliot.

Lo recordaba. Estaba enloquecido, como si la corte de invierno le hubiese lavado el cerebro.

—Hay que intentarlo.

Caden me miró, se me acercó y me apartó el pelo de la cara.

—Estás para comerte.

No necesitaba mirarme al espejo para saber que tenía el pelo como si... bueno, como si hubiese estado retozando en la cama.

—Pero no puedes venir —prosiguió—. No quiero que te involucres en esto. Quédate aquí, yo volveré en cuanto pueda.

Enarqué las cejas.

—¿Quieres que me quede de brazos cruzados esperándote?

—No literalmente.

Entrecerré los ojos y retrocedí hasta quedar fuera de su alcance.

—¿Por qué no quieres que vaya?

Él bajó la mano.

—Aún estás recuperándote, Brighton, esa es la única razón.

Respiré hondo y me recordé que solo lo decía porque estaba preocupado, que no hacía falta que me saliese humo por las orejas.

—Antes, cuando te he dicho que estaba preparada, me has creído.

Caden ladeó la cabeza un poco.

—Así es.

—Y nos hemos acostado de un modo bastante enérgico —insistí. Me enorgulleció que mis mejillas no se sonrojasen.

Los ojos de Caden se tornaron abrasadores.

—Cierto. Y me encantaría volver a hacerlo —respondió con voz ronca y comiéndome con la mirada—. Una y otra vez.

Me estremecí de pies a cabeza. Tardé un instante en volver en mí.

—Si estaba preparada para eso, ¿por qué no iba a estarlo para el interrogatorio?

—Para la tortura, más bien.

—Lo que sea.

—Lo que acabamos de hacer y lo que voy a hacer son dos cosas muy distintas. No te gustará lo que verás en esa sala.

—He visto a la Orden llevar a cabo interrogatorios bastante grotescos, Caden, pero tienes razón —respondí—. Lo que vamos a hacer me resultará mucho más fácil que lo que ya hemos hecho.

—Lo cual ha sido muy ruidoso y bastante enérgico, he de decir —dijo una voz desde la puerta... abierta de par en par. Me giré y vi a Tink—. Creo que Brighton está preparada físicamente para todo.

Ay, madre.

—Dixon se ha asustado —prosiguió—. Ahora mismo está escondido bajo la mesita del salón, traumatizado con tanto sexo.

No sabía qué decir.

—Por cierto, os habéis dejado la puerta abierta —explicó Tink.

Abrí la boca y le lancé una mirada rápida a Caden. No parecía en absoluto perturbado, mientras que yo estaba deseando que la tierra me tragase. ¿Cómo habíamos podido ser tan descuidados?

Bueno, sabía qué nos había distraído.

—Al principio me preocupé un poco. Los ruidos eran muy interesantes. —Tink sonrió y yo abrí mucho los ojos—. Gritos. Lloros. Gemidos. Luego otro tipo de gritos...

—Dios, Tink, para —le pedí—. En serio.

—¿Qué? —Levantó las manos—. Simplemente me alegro de que hayas...

Tink gritó cuando me agaché para agarrar una de mis chanclas antes de lanzársela a la cabeza. Caden soltó una carcajada y me entraron ganas de arrojarle la otra a él, pero aquel pensamiento quedó en el olvido cuando me dedicó una mirada cargada de amor y cariño.

—Venga —dijo. A pesar de lo que acababa de suceder, él estaba como si nada—. Si vas a venir conmigo, necesitarás ponerte un calzado mejor.

Me alegró que no intentase sobreprotegerme. Asentí y me dirigí al armario.

—¿Qué te parecen estas? —sugirió Caden.

Miré por encima del hombro y vi que tenía una de mis botas hasta las rodillas. Me guiñó el ojo antes de murmurar:

—Guardo buenos recuerdos de ellas.

—Te la voy a tirar a la cabeza —le avisé.

Caden sonrió.

—Valdría la pena.

* * *

Estaba sentada en el asiento del copiloto del todoterreno de Caden. Él iba al volante y Tink, detrás. Todavía me parecía superraro que Caden, el rey de los faes de verano, supiese conducir. ¿No debería tener chófer o algo?

Tracé el contorno de las pulseras de hierro en mis muñecas que ocultaban las estacas y me pregunté si, llegados a cierto punto, cuando el bebé creciera, tendría problemas para usar el hierro. No lo creía, ya que el contacto con mi piel no era igual que el contacto directo con el bebé, pero suponía que era algo que debería tener en cuenta. Ojalá hubiera una guía para madres faes embarazadas que también fuesen miembros de la Orden. Moví los dedos de los pies en el interior de las botas militares negras que llevaba. Obviamente no me había puesto las otras.

Donde sí terminaron fue en el armario en lugar de en el montón para donar. «Para luego», repuso Caden. Aquello había supuesto que Tink empezase a hablar sobre cómo los disfraces mantenían su vida sexual de lo más activa, algo que Caden no quería oír porque hacía referencia a su hermano.

Tink trataba de hacer contacto visual conmigo desde el asiento de atrás y cada vez que lo conseguía enarcaba las cejas. Sabía que tenía muchas preguntas y no lo culpaba. Había intentado convencerlo para que me llevase a Florida hacía apenas unas horas; sin embargo, ahora ya no había tiempo para eso.

Y tampoco había podido contarle a Caden que estaba embarazada. No me había importado ocultárselo cuando existía una razón de peso, pero ahora que no había ninguna, no era capaz de quitármelo de la cabeza. Cada minuto que pasaba era un minuto sin que supiese que iba a ser padre.

¿Cómo se lo tomaría? No lo sabía. Me amaba, eso seguro. No obstante, aunque supiese que iba a ser su reina y todo iría bien, todo era nuevo. No tendríamos tiempo a solas. Siempre seríamos él, yo y nuestro bebé. Aunque tampoco es que necesitase tiempo para conocerlo o para sentirme cómoda con él. Ya me sentía así. Era como si... como si fuésemos dos mitades que se hubieran unido. Puede que no lo supiésemos todo el uno del otro, pero nos conocíamos.

Un momento.

Iba a ser su reina.

El estómago me dio un vuelco y me quedé mirando las filas de casas y las verjas de hierro moverse a toda velocidad a través de la ventanilla.

No me lo había pedido oficialmente, pero ni loca pensaba decirle que no. Nos casaríamos y yo me convertiría en su mujer. En su reina. ¿Tendría responsabilidades como reina? ¿Cuáles? Sacudí la cabeza con suavidad. Tenía que centrarme. Ahora mismo eso no importaba, ya me ocuparía más tarde. Teníamos que lidiar con Benji y después ya le contaría a Caden lo del embarazo.

Lo miré mientras girábamos hacia St. Peters y sentí un pinchazo en el pecho. En parte seguía sin creer que fuese real, que podíamos estar juntos.

Caden condujo junto a un edificio de ladrillo y de metal típico de los programas de cazafantasmas.

—Esta parte me encanta. —Tink se agarró al respaldo de mi asiento y asomó la cabeza hacia delante.

Nos dirigíamos hacia lo que parecía un muelle de mercancías; hacia dos portones grandes de metal oxidado cerrados y que atravesamos sin reducir la velocidad. No cerré los ojos, aunque sí que me tensé. Ya había entrado en el Hotel Faes Buenos varias veces así y siempre me ponía de los nervios. Siempre esperaba darme de bruces contra una pared de hormigón.

—Magia —murmuró Tink en mi oído.

—Ajá. —Mis ojos se acostumbraron a la luz fluorescente del aparcamiento.

Aparcó en el primer hueco junto al ascensor, uno que seguro que estaba reservado para él. Apagó el motor y me miró. Sentí un revoloteo en el pecho y en el estómago y le sonreí.

—¿Estás lista? —preguntó. Asentí y se giró hacia Tink—. ¿Y tú?

—Gracias por preguntar, qué simpático. —Se recostó y nos miró—. Estoy listo para varias respuestas que me carcomen por dentro, pero mi pelazo oscuro conlleva una gran responsabilidad y una madurez recién descubierta.

Parpadeé despacio.

—Me he dado cuenta de que ahora no es el momento para conseguir esas respuestas —levantó la mano—, pero en cuanto terminéis con lo que tenéis entre manos, espero que los tres... Espera, no, que seguro que Fabian también quiere estar presente... Espero que los cuatro nos sentemos a charlar.

—Me parece factible —contestó Caden con una sonrisa.

—Lo es. —Miré a Tink—. Pero vas a tener que esperar un poquito porque antes tengo que hablar con Caden sobre una cosa.

Tink abrió los ojos como platos y yo me alegré de sentir la mirada de Caden sobre mí.

—¿De qué quieres hablar? —preguntó. Lo miré—. Podemos sacar tiempo ahora, Benji no se irá a ninguna parte.

Por el rabillo del ojo vi que Tink juntaba las manos bajo su barbilla. No pensaba contarle a Caden que iba a ser padre delante de él. Eso sería como participar en un *reality*.

—Puede esperar —respondí.

Caden analizó mi rostro y asintió. Suspiré con pesadez e ignoré el puchero que me lanzó Tink antes de salir del coche. No llegué muy lejos antes de que Tink pasara un brazo por mis hombros y me atrajera hacia su costado.

Bajó la cabeza.

—¿Va todo bien? —susurró.

—Mejor que bien.

Tink se apartó con una sonrisa.

—Voy a necesitar un informe muy detallado. Lo sabes, ¿no?

Me reí.

—Sí, lo sé.

—Bien.

Entonces me di cuenta de que Caden no se había acercado al ascensor, sino que se había parado en mitad del aparcamiento. Tink y yo lo alcanzamos.

—¿A dónde vamos?

—A un sitio donde Tanner se encarga de los asuntos... desagradables.

Era la primera vez que oía algo así. Miré a Tink y él se encogió de hombros.

—No sabía que existiera un lugar así.

Caden asintió.

—Muy pocos lo conocen, me sorprende que mi hermano no te lo haya contado.

Tink resopló y se metió las manos en los bolsillos de su pantalón deportivo.

—Sabe que detesto la violencia a menos que la cause yo.

Lo miré con el ceño fruncido a la vez que llegábamos a una puerta blanca y anodina. Caden pegó el pulgar al teclado y la luz roja cambió a verde. La puerta se desbloqueó y él la abrió. Entramos en un pasillo blanco donde empecé a oír a Tanner. También había otras voces que no logré distinguir. Caden se volvió hacia mí y me ofreció su mano.

Clavé los ojos en su palma antes de desviarlos hacia él. ¿Quería... ir de la mano? Era un gesto tan simple que no significaría mucho para la gente normal, pero para los faes sería muy importante.

Él era su rey.

Para quienquiera que estuviese aquí, yo solo era humana. No tenían ni idea de lo que era realmente ni de lo que él me había hecho. Que fuésemos de la mano era una clara declaración de intenciones y, obviamente, todavía no había podido hablar con Tanner ni con Faye ni con Kalen. Vernos así seguro que los confundía.

Posé la mano en la suya y mi corazón dio un vuelco cuando él curvó los dedos en torno a los míos y me los apretó.

—Sois tan adorables —dijo Tink tirándome del pelo, que lo llevaba recogido en un moño.

—Ella lo es —replicó Caden—. Sobre todo cuando se sonroja.

—No me estoy sonrojando. —Vi que Tink se adelantaba y doblaba la esquina del pasillo.

—Estás roja como un tomate —me dijo Caden.

—Mentira. —Sentí que enrojecía más aún—. Tenemos que centrarnos en lo importante.

—Ya lo hago.

Lo miré y sentí que me mareaba al hacerlo.

—Lo importante es Benji y descubrir de dónde están sacando el aliento del diablo.

—Lo sé, pero para mí tú lo eres más. Siempre serás lo más importante.

—Tú... —Tragué saliva y cerré los ojos—. Ojalá tuviéramos tiempo para decirte y demostrarte lo perfecto que eres.

—No lo soy. —Me acarició la mejilla—. Pero me parece bien que luego me enseñes hasta qué punto piensas que sí.

Noté que la temperatura de mi cuerpo subía. Eso era justo lo que pensaba hacer después de contarle lo que tenía que contarle.

Pero para cuando llegamos al final del pasillo, ya había apartado aquello de mi mente. Lo que estábamos a punto de hacer requería de toda nuestra atención.

La primera persona a la que vi cuando doblamos la esquina fue a Ren. Iba vestido de negro y estaba apoyado contra la pared blanca. Estaba de espaldas a nosotros, con los tobillos cruzados. Tink se encontraba a su lado y Fabian, tras él, con el pelo rubio sobre sus hombros anchos. Fue el primero que nos vio y su expresión sombría cambió al abrir mucho sus ojos claros.

Ren miró por encima de su hombro.

—Empezaba a preguntarme cuándo...

O bien se quedó callado o no llegué a captar eso último porque me quedé observando al resto de la gente. Faye y Kalen estaban con Tanner. Había un fae mayor y de tez perlada que había estado paseándose con Faye mientras hablaban en voz baja.

Tal vez fuese fruto de mi imaginación, pero todos parecieron detenerse y fijarse en nuestras manos entrelazadas. Recibieron el mensaje que Caden estaba transmitiendo. Estábamos juntos.

Me fijé en Kalen porque curvó los labios antes de inclinarse ligeramente.

—Majestad.

Otros faes empezaron a hacer lo mismo, pero Caden los detuvo con un gesto de la mano.

—¿Está ahí dentro? —preguntó mientras señalaba otra puerta anodina.

Tanner dio un paso y se aclaró la garganta. Parecía perturbado y seguro que vernos a Caden y a mí juntos era una de las razones. Seguramente estuviese imaginándose su corte hecha pedazos. Quería tranquilizarlo, pero no era el momento.

Qué raro era el tiempo, ¿verdad? Pasaba y pasaba, pero el momento adecuado nunca parecía llegar.

—Sí, está contenido. —Tanner me lanzó una mirada rápida.

—¿Cómo está? —se interesó Caden.

El hombre junto a Faye respondió.

—No... no está bien. —Se le quebró la voz—. No está nada bien, majestad.

Caden me soltó y avanzó para posar una mano en el hombro del fae.

—¿Cómo está tu mujer, Balour?

—Luce cree que se recuperará, pero... —Balour desvió la mirada y apretó los labios—. No reconozco a quien está ahí dentro. Se parece a mi hijo y habla como él, pero no es Benji.

—Lo lamento —respondió Caden en voz baja—. Daremos con el responsable y pagará por ello.

—Gracias. —El pobre hombre se esforzaba por respirar mientras miraba hacia la puerta cerrada—. ¿Hay esperanza?

—De haberla, la encontraremos —contestó Caden. Ojalá poder ser tan optimista, pero la situación no pintaba muy bien.

Tanner se me acercó y habló en voz baja.

—No te esperaba aquí, Brighton.

—Yo tampoco —confesé. No tenía ni idea de qué podía decir aparte de—: Luego necesito hablar contigo.

—Eso veo, sí. —Asintió y observó a Caden mientras el padre de Benji, Balour, se marchaba despacio. Me sentí fatal por él.

Antes de poder responder a Tanner, Caden se dio la vuelta.

—Quiero hablar con él.

—Por supuesto. —Tanner se dirigió hacia la puerta—. ¿Quieres que Kalen o Faye te acompañen? ¿O el príncipe Fabian?

—Brighton vendrá conmigo.

Me contuve para no sonreír porque no parecía apropiado dadas las circunstancias.

Tanner pareció ponerse enfermo de repente.

—Por supuesto.

—Me gustaría entrar también —dijo Faye con la barbilla alzada—. Es mi primo.

Caden la contempló durante un momento antes de asentir. Su rostro no mostró alivio alguno, sino una determinación férrea.

Ren se apartó de la pared.

—Cuidado que muerde.

—Lo tendré en cuenta. —Caden anduvo hasta detenerse frente a mí—. ¿Preparada?

—Sí.

—De acuerdo.

Entonces agachó la cabeza y me besó.

Me besó delante de todos y dejó más que claro que estábamos juntos.

La sorpresa dio paso al breve estallido de calor y placer. Todo estaba bien.

Caden era mío.

Y yo, suya.

CAPÍTULO 13

Benji era joven.

De ser humano, no sería lo bastante mayor como para beber y se parecía muchísimo a Faye. Compartían el pelo negro y su piel plateada era de un tono más oscuro, pero sus ojos eran iguales que los de Elliot —el otro joven a quien Benji había ido a buscar—: negros y tan oscuros que ni siquiera se le veían las pupilas.

En cuanto nos vio a los tres, forcejeó contra las cadenas que lo anclaban a la pared. Tenía las manos atadas a la espalda y la cadena de sus tobillos no podía medir más de treinta centímetros, así que no llegó muy lejos.

Pero sí nos gruñó y el sonido se pareció tanto al de un felino que me puso los vellos de punta. Tenía toda la atención puesta en Caden.

—Hola, Benji —dijo Caden.

El joven volvió a gruñir y a enseñar los dientes.

—Vas a morir.

—¿No me digas? —respondió Caden como si nada.

—Todos vais a morir. —Benji miró a Faye y luego hacia donde yo me encontraba. Olisqueó el aire—. Sobre todo tú, humana.

Puse los ojos en blanco, pero permanecí en silencio. Este no era mi interrogatorio. Aunque Caden no me lo hubiera dicho, yo sabía que solo estaba aquí para escuchar, no para intervenir. No iba a sonsacarle nada a Benji.

—Y, aun así, el que está encadenado a la pared eres tú —señaló Caden.

—Por ahora.

Caden se rio entre dientes y su risa sonó sombría y fría. Desvié la mirada hacia él.

—¿De verdad crees que puedes escapar de mí, tu rey?

Benji mordió el aire.

—Tú ya no eres mi rey.

—Entonces, ¿a quién debes lealtad?

—A la que nos entregó este mundo para gobernar, la que devolverá a los humanos a su verdadero sitio, como el ganado —rugió—. A la reina Morgana.

Faye jadeó y cerró los ojos con fuerza.

—¿Cómo puedes serle leal a alguien que no conoces?

—Os arrancará las entrañas y se dará un festín con ellas.

—Suena delicioso, pero no has respondido a mi pregunta y mi paciencia está a punto de agotarse.

Benji echó la cabeza hacia atrás y soltó un chillido parecido a un quejido. Se abalanzó como una cobra y mordió aire otra vez.

—No importa si la he conocido o no. Será libre y todos os inclinareis ante ella. La serviréis.

—Creía que nos iba a arrancar las entrañas —musité.

Caden se rio.

Benji movió la cabeza en mi dirección.

—Os arrancará la piel, estúpida humana. Os...

Las amenazas de Benji terminaron con un sonido ahogado cuando Caden avanzó y lo aferró del cuello.

—Mi paciencia se ha agotado. Mírame —ordenó—. Mírame, Benji.

Se me volvieron a poner los vellos de punta al oír la voz distorsionada de Caden. Habló en un tono más bajo y al mismo tiempo pareció cubrir la estancia con una manta suave y sedosa. Reconocí el poder en sus palabras.

Lo estaba hechizando. Estaba usando su magia con otro fae, algo que solo los antiguos más poderosos podían hacer. Y ahora sabía por qué no había querido que viniera. Le había preocupado que verlo usar ese poder para obligar a Benji a hablar me recordara a Aric.

Me inquietaba recordar lo poderoso que era Caden, pero no me recordaba a Aric en absoluto.

Benji se calló y dejó la boca abierta mientras lo miraba fijamente.

—¿A quién le debes lealtad aparte de a la reina Morgana? —preguntó Caden.

—A... a la corte de invierno —respondió automáticamente.

Faye abrió la boca como para decir algo. Yo estiré el brazo y la toqué ligeramente. Ella soltó el aire de sus pulmones y luego asintió.

—¿Por qué?

—Porque son...

—¿Son qué, Benji?

—Son mis amos.

Caden ladeó la cabeza levemente. Repitió la pregunta y la formuló de forma distinta, pero Benji, incluso hechizado, no supo decir por qué les debía lealtad.

Y nos quedó claro que varios meses de la vida del chico habían desaparecido sin más. No supo decir cuándo había estado aquí por última vez ni cuándo había bebido alcohol por última vez. Lo único que repitió fue que le debía lealtad a la reina Morgana, que servía a la corte de invierno y que solo conocía un nombre.

—¿Quién es el antiguo que representa a la corte de invierno?

—Neal —dijo—. Se llama Neal.

* * *

Cuando nos marchamos, Benji volvió a su estado anterior: a gruñir, morder el aire y amenazar con matar a todos. Nos reunimos en una de las muchas salas de juntas de la planta baja. Kalen y Faye se sentaron junto a Fabian, que había tomado asiento en uno de los extremos de la mesa. Tink se había marchado a la sala común, donde podría recibir su dosis diaria de admiración. Los faes lo adoraban a rabiar y casi siempre mostraban asombro a su alrededor, en parte debido al hecho de que muchos jamás habían visto a un duende. Ren se encontraba a mi lado y, supuestamente, Ivy vendría una vez finalizase su reunión con Miles. Caden estaba a mi izquierda, en el otro extremo de la mesa, y a su lado, frente a mí, se encontraba Tanner. El sitio de cada uno pareció ser importante porque cuando Caden sacó mi silla, los faes en la habitación se me quedaron mirando como si me hubiera besado delante de ellos otra vez.

—Benji no ha sabido responder a por qué sirve a la corte de invierno ni siquiera hechizado —informó Caden—. No lo sabe, ni consciente ni inconscientemente.

—No tiene recuerdos. Es como si se hubiese olvidado de su vida —añadí—. Solo he visto algo así con los humanos de los que se han alimentado y que han tenido hechizados durante largos periodos de tiempo, pero no a este nivel.

—Yo tampoco —coincidió Ren—. ¿Podría ser por culpa del aliento del diablo?

—Es la única explicación —respondió Fabian—. No se me ocurre otra cosa capaz de despojar a nadie de sus pensamientos y de su voluntad de esa forma.

—Básicamente se convierten en súbditos de la corte de invierno sin razón aparente. —Ren se pasó una mano por el pelo—. No pinta bien.

Decir eso era quedarse corto.

Miré a Caden.

—Conocía el nombre de Neal. Era el único otro nombre que nos ha sabido decir.

Caden asintió.

—Aunque no sabemos si Neal sigue aún en la ciudad, o activo. No he podido sonsacarle nada más a Benji.

—Ya sabíamos que Neal estaba involucrado e incluso registramos su bar. No había ni rastro del aliento del diablo allí —intervino Fabian tamborileando en la mesa con los dedos.

—Tenemos que dar con él —dije, pensando en cómo lo haría si esto fuese una misión de la Orden—. Él debe de ser la clave en todo este asunto.

—Hemos estado peinando la ciudad, igual que la Orden —repuso Tanner a la vez que señalaba a Ren con la cabeza—. Si sigue aquí, se ha ocultado muy bien. Pero si Aric ha muerto, yo me atrevería a decir que se ha marchado de la ciudad.

—Aún hay sitios en los que se ha podido esconder y en los que no hemos mirado ni pensado en buscar —señaló Ren—. Y dada la cantidad de faes de invierno que viven aquí, contaría con bastante ayuda.

—Tengo sed. —Tanner se puso de pie—. ¿Queréis algo?

Ren y Caden pidieron agua. Fabian y Kalen se decantaron por un refresco y a mí me hormigueó la lengua al pensar en aquella fantasía carbonatada. Sabía que un solo refresco con gas no le haría daño al bebé, así que yo también pedí uno.

Tanner asintió.

—Faye, ¿me echas una mano?

Parpadeó para salir del estupor y se puso de pie. Me mordí el labio inferior y la vi salir con Tanner. No fui la única que la miró. Kalen no le había quitado el ojo de encima durante toda la reunión. Sus ojos se desviaban hacia ella cada pocos segundos.

—¿Creéis que estará bien? —pregunté cuando la puerta se cerró a su espalda.

—Tenían mucha relación. Parecían más hermanos que primos. —Kalen echó la cabeza hacia atrás—. Lo superará con el tiempo.

Siempre se decía lo mismo, aunque podía pasar una eternidad y no hacerlo.

—¿Creéis que no se puede hacer nada por él? —preguntó Fabian.

—Hemos tenido que... matar a todos los demás que consumieron el aliento del diablo —informó Caden con un codo sobre el reposabrazos de la silla mientras se pasaba el pulgar por el labio inferior—. Imagino que, si Benji no hubiese estado encadenado, habría ocurrido lo mismo con él.

—Pero tenemos a uno vivo —dije—. Eso significa que al menos podemos investigar si es reversible. Si todo va bien, podremos averiguar cómo esa droga consigue que todos esos jóvenes le sean leales a la reina, una persona que no han visto nunca.

Ren se reclinó y plantó una bota en la mesa.

—La escopolamina hace que los humanos sean más dóciles, pero solo durante un corto periodo de tiempo y siempre y cuando estén bajo los efectos de la droga.

—Con suerte, las muestras que Luce tomó de Benji nos dirán si sigue bajo los efectos del aliento del diablo o no. —Fabian se cruzó de brazos—. Si no...

—No quedará otra opción —finalizó Caden—. Tendremos que dejar que descanse en paz.

Su hermano asintió.

—No podemos retenerlo aquí; hay riesgo de que se escape y provoque más daño. —Kalen apoyó una mano sobre la mesa—. Su familia lo comprenderá.

—¿Tú crees? —pregunté.

Kalen me miró a los ojos.

—Nadie arriesgaría la seguridad de toda la corte por un solo fae. Ni siquiera por un familiar.

Eso me pareció muy duro, pero lo comprendía.

—Nos olvidamos de que sí que hay alguien aquí dispuesto a poner en riesgo a la corte y colabora activamente en contra de ella —dijo Caden, deteniendo el movimiento del pulgar.

—¿Crees que quienquiera que sea tiene algo que ver con que Benji haya vuelto a casa? —preguntó Ren.

—El chico no ha dado indicaciones de ello, pero es muy improbable que estén relacionados —respondió Caden.

—Entonces nos queda averiguar para qué querían que Benji volviera a casa —añadió Ren—. ¿Para sembrar el caos? ¿Para recordarle a la corte de verano que, aunque Aric esté muerto, la corte de invierno sigue activa?

Se me encogió un poco el estómago al oír el nombre de Aric.

—O para que hiciera de espía. O, como mínimo, sería una prueba —supuso Fabian conforme miraba a su hermano desde el otro extremo de la mesa—. Podrían haberlo mandado aquí para comprobar cómo están las cosas, con la esperanza de que pudiera volver a salir.

Caden apretó la mandíbula.

—A lo mejor querían poner a prueba nuestras defensas. —Kalen asintió despacio—. Pero no tiene mucho sentido. ¿Por qué no les da esa información el fae de verano compinchado con ellos?

Pensé en la Orden y en su jerarquía. Aquí también había.

—Tal vez el fae que está ayudando a la corte de invierno no sabe lo débiles o fuertes que son vuestras defensas. —Varias miradas se desviaron a mí. Aún no me había acostumbrado a hablar en público, así que ser el centro de atención me ponía de los nervios—. No tiene por qué ser nadie que conozcamos. Podría ser literalmente cualquiera. Para mí tiene mucho más sentido que Benji sea una prueba más que un espía. Si la corte de invierno no tiene ni idea de lo preparado que está el Hotel Faes Buenos, no pueden ser tan idiotas como para esperar que Benji consiga salir de aquí sin más.

Ren torció el gesto y asintió.

—Tienes razón. —Caden me miró con respeto—. Una prueba suena mucho más factible.

—No es que no sea importante lo que decís —repuso Ren y Caden enarcó una ceja—. Pero Benji estaba en modo «larga vida a la reina Morgana» y hablaba de su regreso como algo inminente. ¿Fue hablar por hablar? ¿Se trata de un último grito de guerra por parte de la corte de invierno o es algo de lo que debamos preocuparnos?

La puerta se abrió y Tanner entró con Faye. Luce los acompañaba cargada con botellas de refrescos bajo el brazo y una carpeta en la otra mano. Me vio y pareció parpadear para cerciorarse de que era real.

Me encogí. Otra persona con la que tendría que hablar urgentemente.

Tanner indicó a Luce en voz baja para quiénes eran los refrescos. Dejó uno delante de mí con las cejas enarcadas. Yo le dediqué una sonrisa avergonzada.

—Me temo que a la corte de invierno aún le queda mucha tela que cortar —respondió Caden. Le hizo un gesto a Tanner cuando el fae dejó un vaso de agua delante de él—. Incluso sin algunos de sus antiguos siguen siendo una amenaza, pero los portales al Otro Mundo están sellados. No pueden reabrirse.

Clavé la mirada en Tanner cuando volvió a sentarse frente a mí. Los portales sí que podían reabrirse, pero por muy bien que me cayera Ren, no pensaba confiarle esa información. Ni a él ni a ningún otro miembro de la Orden.

Me quedé sorprendida. ¿No iba a confiar en ningún miembro de la Orden? ¿Y yo qué? ¿No era una, acaso? ¿Podría seguir siéndolo una vez que me casara con el mismísimo rey de los faes de verano? Era verdad que, a pesar de ser semihumana, Ivy seguía perteneciendo a la organización, y que Miles estaba abierto a cosas a las que otras sucursales se opondrían de lleno, pero Caden... bueno, él era distinto.

La cosa era... ¿quería seguir siendo miembro de la Orden?

Formar parte de la organización estaba en mi sangre. ¿Qué sería sin ella? Ser madre y esposa no tenía nada de malo, pero yo necesitaba algo más.

Aunque una pregunta mejor sería: ¿debería seguir dentro de la Orden cuando no pensaba revelarles que Caden podía reabrir los portales cuando quisiera?

—A menos que haya triplicado su poder, lo cual es imposible, es físicamente incapaz de abrir el portal —dijo él en mitad de mi pequeña crisis moral.

—Pueden adorarla como si fuera una diosa —intervino Fabian—, pero no pueden liberarla rezando sin más. Lo que necesitarían es imposible.

Bueno, no exactamente...

No estaba segura de si Ren aceptó esa respuesta o no, pero permaneció callado mientras yo abría el tapón de la botella. No salió gas. ¿Era sin gas? Suspiré; supuse que era mejor que nada. Tomé un sorbo y me alivió sentir algo de efervescencia, aunque era... ¿sin azúcar? Comprobé la botella para cerciorarme de haberla leído correctamente. No era sin azúcar. Levanté la mirada y vi a Fabian mirar su botella abierta con el ceño fruncido.

—Luce tiene información —anunció Tanner, llamando mi atención.

Ella asintió.

—He podido llevar a cabo unas pruebas rápidas gracias al afán de Benji por escupir cuando entré a verlo.

Sonreí a la vez que tomaba otro sorbo.

—También pude obtener una muestra de orina —dijo y Caden enarcó las cejas—. No queráis saber cómo la conseguí.

—Yo estaba presente y tiene razón —añadió Ren.

—Os tomaré la palabra —aseguró Caden, que sonrió un poco.

—No tengo el informe completo. —Abrió la carpeta—. Pero según su saliva, he podido determinar que no ha consumido nada de alcohol en las últimas dos horas, pero sí que he hallado rastros en la orina.

—¿Y eso qué significa? —preguntó Faye.

—Que ha bebido en algún momento de los últimos noventa días, pero no recientemente y no mucho. Si siguen mezclando el aliento del diablo con la belladona y el alcohol, no creo que la haya consumido en los últimos dos días.

Faye hizo el amago de decir algo, pero tuvo que tragar saliva para poder encontrar la voz.

—No sabemos durante cuánto tiempo afecta el aliento del diablo a un fae.

—Por lo que sé de la escopolamina, solo permanece en el organismo humano durante cuatro horas y luego es completamente indetectable en los análisis de sangre —nos informa Luce con cuidado.

Reconocí ese tono de voz. Se avecinaban malas noticias. Empecé a ahogar mis penas en el refresco.

—Funciona igual en uno de nosotros; es decir, que solo nos haría susceptibles a la persuasión durante un corto período de tiempo. Pero no he hallado rastros de escopolamina en su organismo, y es la droga más similar a la que podemos aferrarnos. —Luce respiró despacio—. Sé que los resultados no nos dicen gran cosa.

—Pero ¿qué crees que sí nos dicen? —preguntó Caden, percibiendo que la doctora quería añadir algo más.

—Esta no es mi especialidad —empezó.

—Lo sé. Dinos lo que piensas.

Asintió y apoyó las manos sobre la carpeta.

—Creo que el aliento del diablo solo es una parte de la ecuación. Sabemos que ciertas drogas, comidas y bebidas nos provocan reacciones distintas. La belladona, por ejemplo, es venenosa para los humanos, pero a nosotros solo nos provoca el mismo efecto que algunas bebidas alcohólicas. También sabemos que la escopolamina, en casi todas sus formas, es absolutamente inofensiva para los humanos y los faes. Es un ingrediente común en los medicamentos contra los mareos, aunque cuando se procesa químicamente para crear lo que conocemos como aliento del diablo, la cosa cambia. Los faes podríamos ser susceptibles, por supuesto, pero a estas alturas los efectos de la droga tendrían que haberse pasado ya. Muy pocas drogas humanas nos afectan.

Faye sacudió la cabeza.

—¿Y eso... qué significa exactamente?

—Creo que nos falta una pieza del puzle. Algo que no sabemos —dijo—. Y sé que no estoy siendo muy útil precisamente, pero tiene que haber algo más que usen o hagan aparte de esa bebida. Averiguar lo que es podría ser la clave para detener esos efectos duraderos.

—Eso sí que nos dice algo —concluyó Caden—. Es más de lo que sabíamos.

—No crees que vaya a recuperarse, ¿verdad? —preguntó Faye.

—No... no quiero dar nada por sentado, pero... —Exhaló con pesadez—. Ya lleva suficiente tiempo como para que el efecto se le haya pasado, y al no salir nada relevante en los análisis no creo que sea un proceso reversible sin conocer esa pieza que nos falta.

Faye cerró los ojos y mi estómago dio un vuelco.

—No digo que tenga que ser... eliminado de inmediato. Está encadenado —dijo Luce—. Podemos esperar.

Caden miró a Tanner, que asintió rápidamente.

—Sí, podemos esperar.

—No. Y no pretendo ofender. —Faye abrió los ojos—. Sé que estáis sugiriéndolo solo por ser amables, pero no tiene sentido.

—Podemos esperar —insistió Kalen en voz baja.

—En el momento en que lo vi supe que se había ido —confesó Faye—. En el fondo, ya lo sabía. Ya no queda nada de Benji en él. Se ha ido y no hay razón para posponerlo. Retrasarlo solo complicaría las cosas para todos.

Un músculo palpitó en la mandíbula de Caden.

—Lo haré cuando tu familia y tú estéis preparados.

Se me revolvió el estómago de nuevo al pensar en que tuviera que encargarse él del pobre fae. Puede que fuera su deber, pero ¿quién querría semejante responsabilidad? Lo que le habían hecho a Benji no era culpa suya. Me moví en la silla, incómoda.

—Me gustaría... —Faye carraspeó—. Me gustaría que me diera su permiso para que yo o algún otro miembro de mi familia se hiciera cargo de ello. Todos somos sus súbditos, pero...

—Pero él os pertenece a ti y a tu familia. Lo entiendo —dijo Caden—. Avísame cuando deseéis hacerlo. Me gustaría estar presente por si en último momento decidís que lo haga yo.

—Por supuesto. Tengo que... hablar con su padre y ver cómo está su madre —respondió.

—Ve —ordenó Caden con voz suave—. Esperaré hasta que me digáis.

Faye se marchó en silencio. Kalen no despegó los ojos de ella mientras abría su refresco.

—Lo siento. —Luce retrocedió y apoyó las manos en su regazo—. Ojalá tuviera más información, no solo que nos falta una pieza importante del puzle.

—Ya es más de lo que sabíamos antes —repitió Caden.

—Tiene razón —coincidió Ren. Creo que fue Ren. O tal vez Fabian. No estaba segura.

Me sentía... rara.

No rara emocionalmente, sino igual que hacía unos años, cuando salí a cenar con mi madre. Había sido una noche fantástica. Ella estaba como antes y habíamos ido a una de sus marisquerías favoritas. Las gambas estarían malas o algo así, porque una hora después, me había tenido que encerrar en el cuarto de baño. Así me sentía ahora.

Aun así, no había comido nada desde el desayuno y no sentía que necesitara ir al baño. El sudor perlaba mi frente.

—¿Soy yo... o este refresco sabe raro? —oí decir a Kalen, o quizás fuera Fabian.

Un dolor punzante me atravesó el estómago y me obligó a reclinarme en la silla. Y otro más. Parecían dolores típicos de la menstruación, pero mucho más fuertes.

—¿Brighton? —Caden se giró hacia mí—. ¿Estás bien?

—Sí —me obligué a decir pese al intenso dolor—. Es solo que...

Frente a mí, Tanner frunció el ceño.

—No tienes buen aspecto, Brighton.

No me sentía bien. Notaba la boca extrañamente seca, así que estiré la mano hacia el refresco.

Caden hizo el amago de ponerse de pie, pero fue Kalen el que lo hizo primero con su botella en la mano.

—¡No toques eso! —gritó—. ¡No bebas más!

CAPÍTULO 14

Aparté la mano, sobresaltada.

—¿Q-qué?

—¿Qué pasa? —inquirió Caden.

—El refresco no sabe bien —explicó Kalen al tiempo que lo dejaba en la mesa—. ¿A qué te sabe a ti, Brighton?

Con el corazón acelerado, posé las manos húmedas contra mi vientre. Sentía como si un puño me estuviese retorciendo las entrañas.

—No lo sé, creía que era sin azúcar.

—¿Te sabe a edulcorante artificial? —Luce se levantó con sus ojos claros bien abiertos—. ¿Un poco a menta, quizá?

—Sí. —Asentí y Caden se arrodilló a mi lado—. No reconocía la menta, pero... —Aunque ahora que lo pensaba, tal vez fuera eso lo que me había resultado familiar y no lograba distinguir.

—Mierda —dijo Kalen en voz baja a la vez que Fabian agarraba la botella y la olía.

—¿Qué demonios está pasando? —preguntó Ren mientras Luce rodeaba la mesa a toda prisa.

—Yo también quiero saberlo —dijo Caden.

Luce se colocó entre mi silla y la de Ren.

—¿Te encuentras mal? —Me puso la mano en la frente—. ¿Sientes náuseas? ¿Algún dolor?

—Yo... —Me costó tragar—. Sí.

Frunció el ceño, pero lo suavizó cuando miró a Caden.

—Necesita que la lleve a la enfermería.

—¿Qué... qué pasa? —susurré a la vez que Ren se levantaba y nos daba espacio.

Luce no respondió.

—Deja que te examine...

—Como tenga que preguntar una vez más qué es lo que pasa, las consecuencias no os van a gustar —gruñó Caden.

—Sé que tiene preguntas, pero lo primordial ahora mismo es llevarla a un lugar donde pueda examinarla. —Luce se irguió, serena, y nos miramos. Cuando habló dio a entender más cosas de las que dijo—. Necesito examinarte en privado, Brighton.

«En privado».

Miré a Caden, el cual había endurecido la expresión. *En privado*. Entonces lo comprendí y el corazón se me disparó.

El bebé.

El pánico me embargó. Me aferré a los brazos de la silla y noté una calidez húmeda.

Me levanté de repente y aparté la silla hacia atrás. Alguien estaba hablando. Caden. Tenía la mano en mi brazo y sus ojos dorados mostraban preocupación.

Se me revolvió el estómago. No pude contenerlo. Solo me dio tiempo a girarme antes de inclinarme con un picor en los ojos y en la garganta y de vomitar todo lo que había comido ese día.

Caden estaba a mi lado con una mano apoyada en mi hombro. Traté de apartarlo, pero el mismo dolor atenazador de antes me volvió a embargar y cerré los ojos.

—Lo siento —dije entre arcadas.

—No pasa nada, lucero. —Su voz sonaba rara, asustada—. *Luce*.

Abrí los ojos y los aparté del vómito. Mirarlo no iba a ayudarme precisamente. De repente me vi en brazos de Caden, mirando al techo. Escuché voces, más bien gritos, y después a Caden.

—Está sangrando —avisó mientras pasaba una mano por mi estómago y después por mi espalda—. No sé por dónde, pero está sangrando.

Mareada, lo vi. Apenas eran unas manchas rojas, justo donde había estado sentada. Sabía lo que era, aunque sentía como si mis articulaciones ya no formaran parte de mi cuerpo.

Sangre.

Había sangre en la silla.

¿Cuánta hacía falta para traspasar la ropa? Ahora entendía de dónde provenía la humedad, la sangre.

El bebé.

Volví a sentir un dolor punzante y me revolví en los brazos de Caden con más arcadas. Me levantó del suelo y luego debí de desmayarme, porque lo siguiente que supe fue que me tumbaban sobre una cama. Luce estaba a mi lado y me agarraba del brazo mientras otra fae me ajustaba el tensiómetro en el bíceps.

Caden me miraba desde arriba. Tenía la mano en mi mejilla y me estaba apartando el pelo de la cara.

—Todo irá bien —dijo—. Te lo prometo. Todo irá bien.

Pero no era verdad.

Estando embarazada no era normal sangrar así ni sentir este dolor ni tampoco vomitar de esa manera.

Algo iba mal, muy mal. La fae recitó unos números que no sonaban bien. Me pincharon en el brazo y giré la cabeza hacia un lado. Luce había insertado una aguja de la que salía sangre de color rojo oscuro directamente hacia un tubo de recolección.

—Necesito carbón activado —pidió Luce. Dijo una cantidad en miligramos y luego algo de fluidos mientras me levantaban la camiseta. Me encogí cuando me pegaron los electrodos para el electrocardiograma. Oí unos pitidos y pensé que sonaron muy deprisa.

—¿La han envenenado? —inquirió Caden. La temperatura de la habitación parecía haber subido—. ¿Alguien la ha envenenado?

—No estoy segura. —Luce me puso una vía intravenosa y miró por encima de su hombro—. Deberías retirar todas las bebidas de la cafetería, Tanner.

—Voy —respondió a toda prisa desde algún lugar de la estancia.

¿Envenenada? Ay, Dios. El miedo eclipsó las contracciones y se transformó en puro terror cuando Luce y yo nos miramos. Solo era capaz de pensar en una cosa mientras trataba de respirar, pero los bordes de mi visión se estaban oscureciendo.

—¿El bebé está bien?

Luce se quedó helada durante un instante mientras me contemplaba desde arriba.

—¿El bebé? —repitió Caden tan bajito que apenas sonó como un susurro—. ¿Qué bebé?

Luce parpadeó deprisa, alzó la barbilla y volvió a mirarme. Sus labios se movieron, pero los pitidos de la máquina sonaban muy seguidos y la oscuridad se extendió. De pronto la habitación empezó a temblar y la camilla a chirriar.

—Está convulsionando. —Luce me sujetó los hombros—. No, Lorazepam no. Necesito...

Lo que dijo se perdió en una explosión de un centenar de estrellas. Lo último que vi fue a Caden mirándome estupefacto.

Y después, nada.

* * *

Lo primero que registré fueron los pitidos rítmicos de una máquina. Sentía como si tuviese la cabeza llena de bolas de algodón, así que me centré en ese sonido para salir de la nada. Me costó la misma vida abrir los ojos.

Una luz proveniente de detrás arrojaba un brillo amarillento en la estancia. Creía que era la misma a la que me habían traído, pero ahora se estaba más... tranquilo. En la mesita vi mi pulsera de hierro con la estaca suelta.

El bebé.

Llevé una mano a mi estómago y me encogí al sentir el tirón de la vía en el brazo. No sabía qué tenía que buscar. El gesto me pareció inconsciente, pero no me dijo nada. ¿El bebé estaba bien? Sentía un peso enorme y un miedo aún mayor. Era increíble lo rápido que había pasado de sentirme estupefacta y abrumada por la noticia del bebé a quererlo y desearlo locamente.

Y ahora tal vez ya no lo tuviera; quizá se había marchado antes de que se lo hubiera podido contar a Caden. ¿Cómo podía haber sobrevivido? Solo recordaba que Kalen me había gritado que no bebiese más refresco. ¿Me habían envenenado? La pena y la confusión se arremolinaron en mi interior.

—Brighton.

Despacio giré la cabeza hacia la izquierda. Caden estaba sentado con la barbilla apoyada en sus manos entrelazadas. Se lo veía... fatal. Parecía haberse pasado las manos por el pelo un centenar de veces, tenía ojeras y su expresión denotaba tensión. Me sobrevino una sensación de *déjà vu*. No hacía mucho habíamos estado en la misma posición, aunque esta vez era distinto. Me miraba de forma... más seria.

—¿Cómo estás? —preguntó.

Medité la respuesta. Tenía los labios secos, no me dolía el vientre y no estaba vomitando.

—Bien —respondí con voz ronca—. O eso creo.

Agarró una jarra de agua y me sirvió un vaso.

—Deberías beber.

Tomé el vaso y agradecí el frescor del líquido contra mi garganta irritada. Me ayudó a disipar la confusión. Me la habría bebido toda si Caden no hubiese sujetado la parte inferior del vaso para alejarlo de mí.

—Creo que ya es suficiente. —Lo dejó en la mesa—. Luce me ha dicho que tal vez tengas el estómago un poco sensible.

—¿Qué ha... pasado?

—Te han envenenado.

Me tensé. «El bebé».

—¿Entonces no me lo he imaginado?

—No.

Se inclinó hacia delante y apoyó las manos entre las rodillas.

—Lo hicieron con una flor parecida al poleo proveniente del Otro Mundo. Los faes la usan en polvo para la inflamación o los hematomas. Creemos que la echaron en los refrescos.

Intenté comprender lo que estaba explicando.

—¿A todos?

Caden asintió.

—Hemos retirado todas las bebidas y las estamos analizando. También había restos en los refrescos de Fabian y Kalen.

—¿Están bien?

—Esa sustancia no les afecta.

—¿Porque son faes?

Palpitó un músculo en su mandíbula.

—Porque estás embarazada.

Inspiré con brusquedad, pero no pareció llegarme el aire.

—Cuando se consume la flor en grandes cantidades puede provocar que las madres aborten —prosiguió con una voz extrañamente plana—. Luce cree que a ti te afectó más porque eres en gran parte humana, de ahí que vomitases y convulsionases. —Inspiró profundamente—. Y también cree que por eso sobreviviste. Alguien cien por cien humano no lo habría contado. Te sentirás débil durante un tiempo y puede que sufras más convulsiones, pero cree que te recuperarás.

En el fondo de mi mente di por sentado que le contó a Luce lo del beso de verano, pero aquello no importaba en ese momento. Sus rasgos se volvieron borrosos a causa de las lágrimas. Mi cerebro no iba bien. No quería que Caden se enterase así ni hablar del bebé de esta manera, pero necesitaba saberlo. Aunque me aterrorizaba, tenía que saberlo.

—¿Sigo... sigo embarazada? —susurré.

Él cerró los ojos durante un instante.

—El veneno te produjo contracciones, que te provocaron un desgarro y después la hemorragia. Luce logró extraer el veneno deprisa.

Me estremecí y traté de armarme de valor para lo inevitable.

—En cuanto te estabilizó, fue capaz de examinar al... bebé. —Tragó saliva—. Luce no encontró ningún tejido en la hemorragia. Te hizo una ecografía para comprobar el latido. —Inspiró de manera entrecortada y me miró a los ojos—. Dice que el bebé es muy fuerte y que quiere nacer a toda costa.

Parpadeé una vez. Luego otra.

—¿Q-qué?

—No lo has perdido. Por lo menos por ahora —explicó—. Ha dicho que es un embarazo de alto riesgo y que necesita controlarlo. Se muestra optimista, pero con reservas.

—Yo... yo... —Perpleja, fui incapaz de responder—. ¿Sigo embarazada?

Caden asintió.

De golpe, me llevé las manos a la cara y rompí a llorar. El alivio y la alegría resultaron mucho más poderosos que el miedo. No me lo podía creer. El bebé había sobrevivido a Aric y a un envenenamiento. Fuerte era quedarse corto.

—¿Lloras de alegría o de decepción? —preguntó Caden.

Me aparté las manos de la cara.

—¿Qué?

—Creo que es una pregunta válida porque no sé si te alegra o te entristece seguir embarazada —explicó.

—Me alegro —respondí, sorprendida—. ¿Por qué me preguntas eso?

—¿Que por qué? —Soltó una carcajada seca—. No sé qué piensas. Llevas sabiendo que estás embarazada todo este tiempo. Estás de once semanas, por cierto, Luce ha podido confirmarlo.

Sacudí la cabeza levemente.

—Me alegro. Quiero al bebé...

—¿Sí?

—Sí —respondí sin vacilar—. Iba a contártelo. De eso quería que hablásemos más tarde. —Había dejado de estar confusa—. No lo hice porque...

—Porque estabas intentando salvar al mundo, lo sé. Me lo ha contado Luce. —Las arrugas en torno a su boca se pronunciaron más. Se levantó y me dio la espalda.

—Caden...

—No lo sabía —dijo con la voz ronca—. Cuando preguntaste por el bebé pensaba que me lo había imaginado. —Se le quebró la voz y me sentí fatal—. Me enteré de que iba a ser padre al mismo tiempo de que había alguien que sí lo sabía y que había intentado mataros a ti y a mi hijo.

—Intentaba hacer lo correcto —expliqué—. Estaba haciendo lo correcto...

—Mientras estaba ahí intentando asimilar que alguien casi os había matado a ti y a mi hijo —me interrumpió—, tras ver cómo casi te mueres sin poder hacer nada por evitarlo, me di cuenta de que la única razón por la que Kalen te dijo que no bebieses más refresco era porque él sí sabía que estabas embarazada.

—Lo siento. No debía haberse enterado. Nos oyó a Tink y...

—Lo sé. —Se giró hacia mí—. Kalen lo sabía. Y Tanner. Y Faye. ¿Sabe alguien más que me haya jurado lealtad que llevas a mi hijo en tu vientre?

—No. No se tendrían que haber enterado. Se lo dije a Tink porque necesitaba contárselo a alguien...

—Necesitabas contármelo *a mí*, Brighton.

—Y quería, de verdad. Pero pensaba que, si te enterabas, nos costaría más hacer lo correcto...

—Hacer lo correcto no debería haber incluido que me ocultaras que estás embarazada de mi hijo. —No había frialdad en su mirada, sino un fuego fruto de la rabia—. Entiendo lo que intentabas hacer. Que quieras proteger a mi corte y a los demás es algo que adoro de ti, pero esto es distinto.

—¿Distinto cómo? —Intenté sentarme, pero me costó más de lo que esperaba. Caden agarró un cojín de la encimera y lo colocó detrás de mi espalda—. Gracias.

—Estamos hablando de nuestro bebé, Brighton. No es solo tuyo, es nuestro. —Una vez que se aseguró de que estaba cómoda, se apartó de la cama—. Y nuestro hijo debería importar más que cualquier otra cosa. Por eso es distinto.

—Estoy de acuerdo, Caden, y por eso necesitaba que eligieses una reina, porque no quería que nuestro hijo creciese en un mundo asolado por los faes de invierno —traté de explicarle con tranquilidad.

—Yo te elegí a ti como mi reina.

—¡No lo sabía! —El monitor cardíaco pitó alto y Caden lo fulminó con la mirada. Me obligué a calmarme—. No tenía ni idea y tenía pensado contártelo esta noche...

—Te refieres a anoche. Has estado inconsciente casi doce horas.

—Vaya —susurré.

Volvió a pasarse la mano por el pelo.

—No es momento para conversaciones, necesitas relajarte...

—Me estoy relajando. Deberíamos hablar ahora. Lo siento, Caden, créeme. Quería contártelo. Si no me crees, pregúntaselo a Tink. Incluso a Tanner. Quería...

—Entonces, ¿por qué no me lo dijiste en cuanto te enteraste de que podíamos estar juntos? —preguntó.

—Me sentía abrumada. Sabía que debía hacerlo, pero tenía la cabeza en otro lado —confesé—. Pensaba que tendríamos tiempo.

—Pues te equivocaste —respondió. Clavé los ojos en él—. Si lo hubiese sabido, podría haber evitado lo que ha pasado.

—¿Cómo? —inquirí—. ¿Cómo lo habrías evitado? Si alguien quiere matarme, que esté embarazada no cambiará nada. Has dicho que la flor o lo que fuera me habría matado si no me hubieses dado el beso de verano.

—De haberlo sabido, me habría asegurado de que no te diesen nada que podría haber matado a nuestro hijo.

—¿Cómo? —repetí—. ¿Probando todo lo que como y bebo?

—¡Pues sí, joder! —estalló—. Probaría todo lo que no hubiese preparado yo.

—¿Y si no hubiese estado embarazada qué? ¿Me dejarías beber cualquier cosa?

Caden entrecerró los ojos.

—Matarte les habría costado mucho más. Y eso no significa que no me preocupe por que alguien pueda tenerte en el punto de mira, pero al menos entonces sabría que les costaría mucho más. Nuestro hijo es distinto.

Me pasé la mano por la cara y me di cuenta de que hablaba totalmente en serio con lo de probar todo lo que comiera y bebiera.

—No sé qué decir aparte de que entiendo que te haya molestado y que espero que entiendas por qué no te había dicho nada. Lo siento, Caden. No sé qué decir para arreglarlo.

Él apartó la mirada y movió la mandíbula.

—Yo tampoco.

Sentí una presión en el pecho.

—¿Qué... significa eso?

—No lo sé, de verdad —contestó. La presión se intensificó—. Si no te hubiera dicho que podíamos estar juntos, ¿me lo habrías dicho?

—Tenía pensado contártelo en cuanto te hubieras casado...

—Entonces, ¿habrías esperado a que te olvidara? ¿A que eligiese a otra? —Dio un paso hacia la cama—. ¿Crees de verdad que elegiría estar con otra persona sabiendo que me amas? ¿Que podría apartarme de ti?

—Antes de saber que podía estar contigo, esperaba que lo hicieras, sí —confesé—. No me habría gustado. Lo habría aborrecido durante cada segundo, pero era lo...

—Puedes seguir creyendo que era lo correcto. Tal vez lo pareciese, pero nuestro hijo lo cambia todo. Ocultármelo jamás habría sido lo correcto. No cuando me amas. No cuando sabes que yo te amo a ti. —Se dio la vuelta, tenso—. Y lo peor es que creías de verdad que yo podría olvidarte. Que podría casarme con otra como si nada.

—No pensaba que fueras a hacerlo como si nada.

—Pero le pediste a Tanner que hiciese lo necesario para conseguir que me casara con una fae —replicó y yo me tensé—. Sí, me contó que la mujer que amo conspiró con otras personas para asegurarse de que me casaba con otra persona mientras ella llevaba a nuestro hijo en su vientre.

Sentí que se me paraba el corazón.

—No conspiré con nadie. No fue así. No podía poner en peligro el mundo entero, no cuando nuestro hijo habría crecido en él. —Me llevé una mano al vientre—. Lo que intentaba hacer no cambia lo mucho que te amo, Caden.

—Pero no lo suficiente como para luchar por mí, ¿verdad? No lo suficiente como para confiar en que todo iría bien. —Apretó la mandíbula—. Y no me respetaste lo suficiente como para contarme que estabas embarazada.

—Caden... —empecé a decir, pero la puerta se abrió y Luce entró—. ¿Nos puedes dejar a solas un momento?

—Va a ser que no —respondió en un tono que no admitía réplica—. He estado monitoreando el ritmo cardíaco y la presión arterial a distancia y, discúlpeme, majestad, sé que tienen mucho de qué hablar, pero el pulso y la presión deben permanecer estables.

—Estoy bien.

—Su presencia no ayuda a que se mantenga estable —prosiguió Luce como si yo no hubiese dicho nada—. Apenas ha pasado tiempo y pone en riesgo el embarazo.

—Tienes razón. —Caden se cruzó de brazos—. ¿Cuándo crees que podremos trasladarla?

—Diría que a partir de mañana, siempre y cuando sus constantes no cambien y se mantenga... —me miró— lo más relajada posible.

—Y lo estará —afirmó Caden. Enarqué las cejas—. No quiero que permanezca aquí más tiempo del necesario.

—Lo entiendo.

Caden se volvió hacia mí.

—Mañana, cuando nos marchemos, vendrás a casa conmigo.

—¿A tu apartamento?

—No, a un sitio que muy pocos conocen —respondió—. Y ni se te ocurra discutir y provocarte estrés innecesario, tu casa no es apta.

Estaban pasando muchas cosas y por extraño que pareciese mi cerebro se centró en eso último.

—¿Por qué no es apta?

—Porque hay demasiada gente que sabe dónde vives y no puedo protegerla —contestó al tiempo que se giraba hacia Luce—. Avísame en cuanto te vayas.

Ella asintió.

¿En serio se iba a marchar?

—¿A dónde vas?

Caden no respondió, solo se dio la vuelta y salió de la habitación antes de cerrar la puerta tras él sin siquiera mirarme.

CAPÍTULO 15

—Me odia.

—Qué va. —Tink me dio unas palmaditas en el brazo. Había seguido a Luce hasta aquí y la había informado de que aparecía en la lista de visitas permitidas.

En otras palabras, tenía permiso para verme.

Tenía la sensación de que Caden había prohibido a todos los demás acercarse a mí, lo cual era comprensible. Pero ¿Tanner y Faye? ¿Kalen? ¿Ivy y Ren? ¿Fabian? Ellos eran los únicos en quienes confiaba, aunque al parecer Caden no estaba dispuesto a correr riesgos.

Eso debería aliviarme, porque era señal de que todavía se preocupaba por mí, pero tenía la inquietante sensación de que realmente lo que le preocupaba era el bebé, no yo.

Al fin y al cabo, según él, a mí no se me mataba tan fácilmente. O algo así.

—Tú no lo entiendes, Tink. —Suspiré mientras Luce se acercaba para medirme la tensión arterial—. Se siente traicionado y no lo culpo. No realmente.

—Ni yo —convino él—. Pero creo que solo necesita tiempo. Sabe que estabas intentando hacer lo correcto.

Asentí.

—Ha debido de ser un mazazo para él enterarse de que iba a ser padre mientras echabas las tripas por la boca y convulsionabas...

—señaló Tink con brusquedad—. Me imagino que la mayoría espera recibir esa clase de noticia de otra manera.

—Lo sé. Es solo que... —Aún podía oírlo decir que no lo quería lo suficiente y no era verdad. Era justo lo contrario; lo amaba demasiado. No pretendía ser la razón de su perdición y quería a nuestro hijo lo bastante como para hacer lo que fuese necesario para que creciera en un mundo estable.

Bueno, tan estable como fuese posible.

—¿Sigue todo bien? —pregunté a Luce mientras dejaba el tensiómetro en la mesita.

—Los índices están dentro de la normalidad. —Luce regresó a la cama—. Comprobaré los niveles hormonales en la muestra de sangre que acabo de sacarte y mañana haré lo mismo. Si fueses a abortar, esos niveles bajarían.

Se me cayó el alma a los pies.

—¿Crees que aún es posible que pierda al bebé?

—El embarazo es de alto riesgo, así que sí, pero tú eres diferente, Brighton. No eres humana del todo. —Me miró con los ojos entrecerrados—. Me habría venido bien saberlo cuando te examiné la primera vez.

—Oye. —Tink levantó las manos—. Ni siquiera me lo dijo a mí. —Me lanzó una mirada molesta—. Mala pécora.

Suspiré una vez más.

—Lo siento. No creía que debiera compartirlo y en mi defensa diré que han pasado muchas cosas. Claramente no he estado tomando las mejores decisiones.

—¿No me digas? —musitó Tink mientras se reclinaba en la silla.

Ignoré su comentario.

—Saber que has recibido el beso de verano explica por qué tus heridas sanaron tan rápido —prosiguió Luce—. Como lo recibiste antes de quedarte embarazada, probablemente eso también haya ayudado al bebé. Tiene que ser la razón por la que es tan resiliente, pero no puedo afirmarlo al cien por cien. Nunca he conocido a un humano al que le hubiesen dado el beso de verano. —Frunció el ceño—. Que dejases de sangrar anoche son buenísimas noticias. No has sentido más náuseas ni más dolores, ¿verdad?

Sacudí la cabeza.

—Me siento bien, aunque un poco rara. Tengo el estómago revuelto y me noto como si acabara de pasar la gripe o algo.

Asintió.

—Es normal. Parece que tu cuerpo está... bueno, reparando el daño causado. Y para serte sincera, no es algo que ocurra normalmente. Ni siquiera para una fae que haya ingerido ese tipo de veneno.

La inquietud me invadió, pero traté de sosegarla. Luce me estaba dando buenas noticias. Que se asemejara a un milagro no significaba que fuese a perder al bebé.

—Afortunadamente, hemos podido eliminarlo de tu organismo muy rápido. Unos cuantos minutos más y creo que ni el beso de verano habría podido cambiar el resultado —dijo con dureza—. Soy optimista, pero mucho va a depender de lo que ocurra en los próximos días y semanas.

—¿Qué puedo hacer para asegurar que el bebé esté bien?

Luce pareció pensarlo durante un momento y luego suavizó la voz.

—Generalmente en estos casos no hay nada que puedas hacer. No suele depender de la madre. Si al final perdieras al niño, no sería culpa tuya.

—Lo sé, pero debe de haber algo que pueda hacer, ¿verdad?

—Hay ciertas cosas que ayudan. Una es que permanezcas lo más calmada posible. Sé que será difícil, pero mantener los niveles de estrés al mínimo es lo que más te conviene ahora mismo —aconsejó.

Estuve a punto de reírme porque no tenía ni idea de cómo hacer eso—.Te sugiero que hagas reposo total durante la próxima semana por si acaso.

¿Reposo total?

—¿Y qué pasa con nuestra cita?

—Creo que podemos retrasarla una semana puesto que ya te he hecho muchas de las pruebas. Seguiré vigilándote y monitorizándote los niveles hormonales. —Se cruzó de brazos—. Evita cualquier tipo de actividad física hasta que te recuperes al cien por cien; cuando no sientas cansancio ni tengas mal cuerpo, lo cual podría ser dentro de una semana o algo más. Y eso también incluye el sexo.

No creía que eso fuese a suponer un problema.

—Vas a tener que contentarte con las manos —comentó Tink.

—Gracias por la aclaración —dije—. Eso puedo hacerlo. Reposo total y nada de actividad física. Haré lo que sea para que el bebé esté sano.

—Me alegro —replicó—. Y también de que vayas a quedarte con Caden en un sitio seguro.

—Porque cuando el fae que ha intentado matarme se dé cuenta de que ha fracasado ¿vendrá a por mí otra vez? —La ira surgió en mi interior, tan potente y abrasadora que Luce frunció el ceño al ver cómo se me coloreaban las mejillas—. No me puedo creer que alguien haya intentado matarme. ¿Qué demonios creen que ganan haciéndolo? ¿Que Caden se vuelva loco y abra el portal? No funciona así.

Una gran parte de mí no se creía lo fácil que se lo había puesto. Casi siempre bebía refrescos cuando venía al hotel. Cualquier fae podría haberse dado cuenta. Tenía que cambiar la rutina urgentemente.

—Tal vez pensaran que, matándote, Caden se distraería y se debilitaría, lo cual es cierto —comentó Luce—. Puede que no tuviese nada que ver con sus intentos por liberar a la reina, sino que estuviesen buscando asestarle un golpe del que le costase mucho recuperarse. Haber escogido un veneno que afecta al embarazo de esta forma ha sido un enorme golpe de suerte para ellos y una desgracia aún mayor para ti.

Traté de no ofenderme ante su elección de palabras.

—¿Se os ha ocurrido quién podría haberlo hecho? ¿Las otras botellas también estaban contaminadas? ¿Y otras bebidas?

—Por ahora, solo unas diez han dado positivo —dijo.

—¿Hay alguna fae en peligro?

—Hemos notificado a las embarazadas y no parece que ninguna lo esté —respondió.

—Menos mal —susurré, aferrándome a la manta fina.

—Caden ha estado interrogando a los faes que tenían acceso a las bebidas de la nevera, lo cual es básicamente todos —me informó Tink.

Parecía una tarea casi imposible, pero lograría enterarse gracias a su poder. Dudaba que quisiese recurrir a eso con todos los miembros de su corte sin un motivo de fuerza mayor; era lo bastante inteligente como para saber que eso le acarrearía más enemigos, pero ahora sí que tenía una excusa.

Solo esperaba que la relación con su corte no se viese afectada.

Quería que el responsable del ataque muriese. De hecho, necesitaba ser yo quien lo matara, algo que incumpliría el reposo total, pero que creía que sería bastante terapéutico.

—¿Sabes? He estado pensando —dijo Tink—. Y sé que eso normalmente implica que vaya a decir algo totalmente irrelevante, pero te prometo que no es el caso ahora mismo.

Enarqué las cejas.

—¿Qué has estado pensando?

—¿Por qué creemos que ha sido alguien que no sabía que estabas embarazada? —preguntó Tink mirándonos a Luce y a mí de forma intermitente—. Porque hay muchas formas de las que podrían haber intentado matarte; bueno, envenenada es la más sutil, pero hay otros venenos que podrían haber usado, ¿verdad, Luce?

—Sí.

—Lo que digo es que me parece demasiada coincidencia que el veneno que han elegido sea justamente el que produce ese efecto en los embarazos.

La inquietud empezó a recorrerme de pies a cabeza.

—Pero hay muy poca gente que sabe que estoy embarazada. Y ninguno habría hecho algo así.

—Yo tampoco lo creo, pero eso no significa que no hayan podido decir nada —razonó Tink—. A lo mejor no todos han mantenido la boca cerrada.

—¿Estás insinuando que uno de nosotros ha puesto en peligro su seguridad? —exclamó Luce—. Te aseguro que los que lo saben jamás habrían hecho tal cosa.

—No digo que lo hayan contado pensando que estaban poniendo en riesgo su seguridad —repuso Tink—. Mira, todo el mundo habla, incluso los faes. Tal vez tú seas la excepción, Luce, y seas una mina de secretos, pero hay cotillas en todas las razas.

—Entiendo, pero los que lo saben jamás serían tan descuidados con esa clase de información.

—Puede que no. —Tink se reclinó—. Tal vez no lo fueran.

Lo miré con más intensidad, pero me quedé callada hasta que Luce terminó y se marchó de la habitación.

—¿En qué piensas realmente? Y no digas que en nada. Antes te has quedado a medias. Puede que Luce no se diese cuenta, pero yo sí.

Tink echó un vistazo a la puerta.

—Vale. Es verdad que no lo he dicho todo, pero, Light Bright, hay algo que no me cuadra.

—Hay muchas cosas que no cuadran ahora mismo.

—Sí, pero es que me parece extraño que, de todos los venenos que podrían haberte matado con solo saborearlo, y hay muchos que podrían haberse traído del Otro Mundo, *ese* fuera el que usaran. —Volvió a mirarme—. Te dieron una dosis grande que te habría matado si hubieses sido completamente humana, pero ¿por qué arriesgarse así cuando hay otros venenos bastante más efectivos? Piensa en las muertes de *Juego de Tronos*. Es casi como si matarte no fuese la prioridad.

—Si yo no soy la prioridad, entonces... —Era algo en lo que ni siquiera quería pensar. Porque implicaría que el objetivo era el bebé y eso significaría que Tink tenía razón—. ¿Quién crees que puede haber hablado?

—No sé. Me gustaría decir que ninguno, pero...

—Pero acabas de decir que todo el mundo cotillea. —El miedo que me sobrecogió era muy real—. Y has dicho que a lo mejor no fueron descuidados. Creo que te referías a que alguien contó la noticia a conciencia.

—Pero sí que estoy de acuerdo en que ninguno de los que lo sabían habrían hecho nada que te hiciera daño. Kalen evitó que siguieras bebiendo. Tanner jamás haría algo así, es demasiado decoroso. ¿Y qué razón tendría Faye?

—¿Y Luce?

—Ha tenido muchas oportunidades para matarte a ti o al bebé.

Cierto. Podría haber envenenado las pastillas prenatales y nadie lo habría sabido.

—Entonces, ¿quién podría haber sido?

—¿Sabemos con certeza que no había nadie más en el jardín? No. Podría haber habido alguien más allí —dijo—. El fae compinchado con la corte de invierno podría haberte seguido, o incluso otra persona.

—Eso significaría que no tenemos que dar con un fae, sino con dos.

Tink asintió.

—A quien Caden matará sin dudar.

—¿Caden? —me reí con ironía—. Quien matará a esos hijos de puta seré yo.

CAPÍTULO 16

Después de que Luce regresase con una cena ligera, quiso que me levantara y anduviera un poco por la pequeña habitación.

Luego tocó la parte que más odiaba siempre que iba al médico: me pesó. Por una vez cuando vi que había subido de peso a pesar de los vómitos de la noche anterior, suspiré de alivio. Me sacó sangre y después de la vigésima vuelta a la habitación volví a la cama. Me sorprendió lo cansada que estaba.

—Ya te comenté que te sentirías más débil —dijo mientras guardaba el tubo con sangre en una bolsita—. Aunque tengo la impresión de que recobrarás las fuerzas antes de lo normal.

—Por el beso de verano, ¿verdad? —Me acomodé contra la pila de cojines.

—Es un beso de vida. —Luce dejó la bolsa en la encimera y se cruzó de brazos. Desvió la mirada hacia la mesita. Había sacado la estaca antes solo por si acaso. Apenas medía unos centímetros de largo, pero estaba afilada y cumplía su función—. Ojalá me lo hubieras contado. Y sí, sé que me repito, pero creo que hace falta que te lo diga otra vez. Podría haberte dicho que no tenías de qué preocuparte en cuanto a la elección del rey se refiere, y yo tampoco habría tenido que preocuparme.

—Lo siento. No sabía que eso cambiaría las cosas. Caden no me habló de ello —expliqué—. Y entiendo que no lo hiciera. Intentaba no abrumarme después de todo lo que había pasado, aunque ojalá lo hubiese hecho.

—Seguro que él también habría querido que le dijeses lo del embarazo —replicó ella. Me encogí—. Sin ofender, ¿eh? Me refería a que parece que a Caden y a ti os habría venido bien una conversación profunda.

Me reí con mordacidad.

—Obviamente.

—Pero ambos habéis estado procesando muchas cosas —añadió al tiempo que agarraba la bolsa.

—¿Lo has visto?

No había vuelto a venir a verme.

—Creo que sigue con el interrogatorio —respondió.

Me pregunté quién estaría haciendo guardia fuera porque dudaba que Caden dependiera simplemente de la puerta cerrada. ¿A quién habría considerado de suficiente confianza? Jugueteé con la manta.

—¿Quién está haciendo de canguro?

Ella enarcó una ceja.

—Kalen.

Esbocé una pequeña sonrisa.

—Le debo mucho. Si él no...

Luce bajó la barbilla.

—Sería un buen caballero para nuestro rey.

Que yo supiera, Caden todavía no había elegido a ningún caballero. Me daba la impresión de que la traición de Aric todos esos años atrás tenía mucho que ver con eso.

—Pues sí. Me alegro de que Caden confíe en él. —Vi que Luce se guardaba el tubo en el bolsillo y pensé en lo que Tink me había dicho. A decir verdad, no había dejado de pensar en ello—. ¿Puedo preguntarte algo?

Ella asintió.

—Por supuesto.

—¿De verdad crees que el veneno que usaron no tenía nada que ver con mi embarazo? ¿Que no es posible que alguien que lo supiera lo hubiese filtrado?

—Le he estado dando vueltas. Es una hierba a la que mucha gente tiene acceso; de hecho, la cultivamos en el invernadero porque sus propiedades curativas son increíbles. Algunos de los venenos que Tink ha mencionado no se obtienen con facilidad. Puede que esa sea la razón. —Se alisó la solapa de la bata—. Pero si realmente Tink tiene razón y alguien lo ha filtrado, ¿a quién se lo han podido decir para que hiciera algo así? ¿Sería entonces casualidad que justo se lo hubiese contado al fae que colabora con la corte de invierno? Si no, ¿nos enfrentamos a dos faes que han cometido un delito imperdonable?

Me mordí el labio inferior y le di vueltas. Tenía la impresión de que se me estaba escapando algo.

—Tal vez esto no tenga que ver con el fae traidor. Estoy segura de que muchos harían algo si se enterasen de que estoy embarazada.

—No pareces tener en alta estima a los faes si de verdad piensas que muchos harían daño a un bebé —respondió—. Espero que, si te conviertes en nuestra reina, cambies de opinión.

Al reprenderme me di cuenta de que no me había explicado bien.

—No me refería a que muchos faes serían capaces de hacerle daño a un bebé, sino que muchos harían cualquier cosa con tal de proteger su corte. ¿No es eso lo que dijo Kalen sobre la familia de Benji? ¿Que, si supusiese un riesgo para la corte, no mantendrían ni siquiera a su propio hijo con vida?

Luce frunció el ceño.

—Sí, hay muchos faes dispuestos a proteger su corte —contestó despacio.

—¿Y cuántos me considerarían un peligro? Antes del embarazo incluso. Al fin y al cabo, Tatiana vino a verme antes de saber que estaba embarazada —expliqué—. Sin saber que Caden me había dado el beso de verano, ¿no pensarían que este bebé supone una amenaza para su futuro? Por eso no le conté a Caden lo del embarazo y por eso accediste a quedarte callada, igual que los demás.

—Entiendo a lo que te refieres. —Suspiró con cansancio—. Es que me cuesta creer que alguien de nosotros lo haya filtrado. Ese secreto en manos equivocadas podría suponer que te vieran como una amenaza y también provocar el pánico.

—Entonces... entonces esa persona tal vez se lo haya contado a alguien en quien confiaba. Alguien que puede que... —Alguien que quizá no se hubiese sorprendido. Que ya supiese que Caden estaba enamorado de mí. La sospecha me invadió y me alegré de no estar conectada al monitor cardíaco.

—¿Qué? —preguntó Luce.

No quería decir nada por si me equivocaba.

—¿Me haces un favor? ¿Puedes pedirle a Tanner que venga?

—¿Por qué quieres verlo?

—Me acabo de acordar de algo que me dijo y no estoy segura de si le escuché bien —mentí—. Por favor. Seguro que no le han prohibido verme.

—El rey ha decretado que nadie te visite sin su permiso...

—O puedo ir a buscarlo yo misma. Dudo que vayas a atarme a la cama. ¿Crees que Caden se enfadaría más si salgo de la habitación o si me traes a Tanner?

Ella entrecerró los ojos.

—Eso se parece mucho al chantaje.

—Solo te estoy dando varias opciones —me defendí.

Curvó una comisura de la boca hacia arriba.

—Ya. Dudo que vayas a tener problemas cuando seas reina. —Se giró—. Voy a por Tanner.

—Gracias —contesté.

No sabía si su comentario sobre ser reina iba en serio o no, aunque tampoco tenía cabeza para darle muchas vueltas a eso. Si mis sospechas se confirmaban, tal vez supiese quién había envenenado las bebidas.

Un cuarto de hora más tarde llamaron a la puerta con suavidad y supe que Luce había hecho lo que le había pedido. Tanner entró y cerró la puerta tras él sin hacer ruido.

—Luce me ha dicho que necesitabas hablar conmigo —dijo.

Asentí.

—Gracias por venir. Creo que Caden le ha dicho a todo el mundo que se aleje de mí.

Tanner esbozó una leve sonrisa.

—Así es, pero Luce me ha dicho que creía que era importante. —Avanzó y se sentó en la silla. Parecía no haber dormido bien. Fueran mis sospechas correctas o no, seguro que tenía muchísimas cosas en la cabeza—. Luce nos ha dicho que el bebé está bien. Me alegra oírlo, pero ¿cómo estás tú?

—Estoy bien, solo un poquito cansada. Gracias por preguntar.

Sus ojeras se asemejaron a moretones cuando asintió.

—No pretendo sonar borde, pero estoy seguro de que Kalen no quería dejarme entrar en la habitación. Imagino que la única razón de que lo haya hecho es porque el rey está con Faye y su familia.

«Benji».

Dios, me había olvidado de él.

—No ha mejorado, ¿verdad?

Tanner sacudió la cabeza, apesadumbrado.

—Él... lo hemos perdido.

La tristeza se añadió a las emociones que ya sobrecargaban mi corazón.

—Le... —¿Cómo lo había dicho Caden?—. Está descansando en paz, ¿verdad?

Él asintió.

—Sí, nuestro rey está allí en caso de que lo necesiten.

Miré hacia la puerta. Quería saber dónde estaban. Quería apoyar a Caden, aunque no fuera él quien terminase con la corta vida de Benji. De repente, eso me resultó tan importante como la razón por la que había hecho llamar a Tanner.

—No querría contrariar más al rey —dijo Tanner—. ¿Por qué querías verme?

—Lo entiendo. —Inspiré ligeramente y reprimí las ganas de salir en busca de Caden. Aunque antes había amenazado con ello, ni siquiera yo era tan estúpida como para salir sabiendo que había alguien por ahí que quería hacernos daño al bebé y a mí—. Me gustaría preguntarte algo y espero que seas sincero conmigo. Es una pregunta incómoda.

Tanner asintió para que prosiguiera.

—¿Le has dicho a alguien que estoy embarazada? —pregunté. Lo observé de cerca y le palpitó un músculo cerca del ojo derecho—. No estoy insinuando que se lo hayas contado a alguien para que me hiciera algo, pero soy consciente de que te pedí que hicieses lo que hiciera falta para asegurarte de que Caden elegía a una fae como reina. Tampoco creo que se lo dijeses a cualquiera por el riesgo o el pánico que eso acarrearía. Sé que harías cualquier cosa con tal de proteger a tu corte y tal vez eso incluya decirle a alguien que estoy embarazada para que esa persona cortejara a Caden a sabiendas de que con el tiempo se enteraría de que lo estoy.

Tanner se me quedó mirando en silencio durante varios instantes.

—¿Crees que se lo he dicho a Tatiana?

Asentí. Eso era justamente lo que sospechaba: que se lo había dicho a Tatiana, o incluso tal vez a su hermano.

—Cuadra. Tatiana y Sterling ya sabían que el compromiso se había roto. Tendrían razones más que válidas para considerar al bebé como una amenaza. No quiero creerlo —añadí deprisa cuando Tanner abrió mucho los ojos—. La verdad es que creo que al principio Tatiana acudió a mí por preocupación y no para que dejase a Caden, así que no lo digo por celos ni nada. Caden me ama. —Aunque no estuviese muy seguro ahora. Me dolió pensarlo, pero las sospechas no se debían a que consideraba a la otra mujer (que no era realmente «la otra») la mala—. Para mí tiene sentido.

Tanner se inclinó hacia delante.

—Tatiana jamás haría algo así. Y su hermano tampoco. Sé que no los conoces mucho y puedo entender por qué crees que han sido ellos, pero esas fechorías no son obra suya.

—¿Seguro? ¿Los conoces bien? —pregunté.

—No los conozco mucho —levantó la mano, la pasó por su cabeza y la dejó en su nuca—, pero sé que ellos no han tenido nada que ver con esta tragedia.

¿Tragedia? Ni que hubiera sufrido un accidente de coche.

—¿Te refieres al intento de asesinato?

Su piel perlada palideció y retrocedió como si quisiera alejarse de lo que acababa de decir. Habló un instante después.

—Tienes razón, fue un intento de asesinato. Yo... —Dejó caer la mano al brazo de la silla—. Caden te dio el beso de verano. ¿Hace años?

El cambio de tema me tomó desprevenida, así que tardé un poco en contestar.

—Sí, cuando Aric y los otros faes me atacaron. Por eso no morí.

—Eres su *mortuus* —dijo con voz ronca mientras me observaba—. Conservas una parte de su alma. Eso te convierte en una elección mucho más valiosa que cualquier fae que se presentase ante él. En cuanto la corte se entere, no solo te apoyarán, sino que celebrarán vuestra unión. Es muy raro que alguien encuentre a su *mortuus*.

—Eso me dijo Caden. —Me costaba hablar a causa de la emoción, pero ahora no era el momento de pensar en cómo estaban las cosas—. Hasta ayer no sabía qué significaba. No quiso abrumarme. De haberlo sabido, no habría intentado ocultarle lo del embarazo y tampoco te habría pedido ti que lo hicieras ni que te aseguraras de que eligiese a otra.

—Lo sé. —Esbozó una sonrisilla triste y sus ojos brillaron—. Ojalá te lo hubiera dicho. Ojalá hubiese prestado más atención y hubiera visto lo que significabas para él. Ahora que lo pienso, era obvio. Debería haberme dado cuenta. Yo encontré a mi *mortuus*, pero la perdí.

—Lo siento —dije.

—No fue Tatiana ni su hermano. —Una lágrima resbaló por su mejilla—. Fui yo.

CAPÍTULO 17

—Ahora me reconcome la conciencia —dijo Tanner—. No puedo permitir que otra persona cargue con la culpa de mis acciones. No cuando yo mismo me lo he buscado.

Mi corazón empezó a martillear en mis oídos mientras miraba a Tanner con incredulidad.

—Cuando lo vi contigo, pensé que habías cambiado de opinión. Que te había convencido para quedarte con él —explicó mientras se miraba las manos abiertas—. Creí que todo lo que había hecho, y lo mucho que me había ensuciado las manos, no había servido para nada. Que nuestro rey iba a dejar a la corte a su suerte.

No podía pensar.

—No sabía si le habías contado lo del bebé. Pensé que no, porque de lo contrario, no imagino que te dejara acompañarlo a ver al joven fae —prosiguió—. Supuse que, si al menos podía interrumpir el embarazo, cortaría uno de los lazos que os unían. Al fin y al cabo, eso no sería lo peor que hecho para proteger a la corte.

No podía moverme.

—Al principio creí que solo serías una moda pasajera y luego una distracción. Sabía que le importabas lo bastante como para saber que no iba a elegir a otra tan fácilmente, incluso sin conocer el detalle de que eras su *mortuus*. —Su voz sonaba muy ronca y apenas audible—. Aric te mintió, Brighton. Ningún fae de verano estaba colaborando con la corte de invierno para liberar a ese monstruo. Solo estaba yo.

No podía respirar.

—Sabía que podía hacerle llegar un mensaje a través de Neal, y lo hice. Me reuní con él dos veces y hubo un momento en que consideré la opción de matarlo. Incluso llevé una daga. Podría haberlo hecho. El antiguo era tan arrogante... Y yo tenía una oportunidad. —Siguió mirándose las manos—. Pero no la aproveché. Ni la primera vez, que le dije que... que tú eras importante para nuestro rey, y tampoco la segunda, cuando me dijo que planeaba usarte para obligar a Caden a abrir el portal. Por aquel entonces no sabía que eso fuese posible. Pensé...

La bofetada de lo que acababa de admitir me sacó del estupor.

—¿Aric me secuestró por tu... *tu* culpa? ¿Sabías que estaba viva? ¿Que me tenía retenida y me estaba torturando...?

—Creí que te mataría. No pensaba que te dejaría con vida —dijo sin levantar la mirada.

—Creíste... que me mataría. Como si eso marcara la diferencia, como si mejorara la situación —susurré, sin creerme lo que estaba escuchando.

Estábamos hablando de Tanner.

El modélico y estirado de Tanner, el que siempre vestía polos y caquis. Al que me imaginaba jugando al golf los fines de semana. El que siempre se mostraba amable y tranquilo. El que sabía que se había encariñado de mi madre y sufrió cuando la asesinaron.

A manos del antiguo al que luego me entregaría.

Y ahora había intentado matar a mi hijo.

—¿Cómo has podido? —inquirí, temblándome las manos. La traición me había dolido tanto que eso era lo único que sentía ahora mismo. Me dolía porque ni en un millón de años habría esperado que fuera a hacer algo así. Me dolía *mucho*.

—No te lo tomes como algo personal.

—¿Me lo estás diciendo en serio? —grité—. ¿Cómo podría *no* tomármelo como algo personal?

—Sé que suena absurdo. Me caes bien y sabes que tu madre me gustaba...

—¿Cómo has podido hacer algo así? Confiaba en ti. Mi madre confiaba en ti. —Una repentina oleada de ira se llevó consigo el dolor que había provocado su traición—. Caden confiaba en ti.

—Lo sé. —Levantó la cabeza. Las lágrimas empañaban sus ojos y resbalaban por su rostro, pero verlo así me enfureció todavía más. ¿Qué derecho tenía a llorar? Había intentado matar a nuestro hijo. Era el culpable de que hubiera pasado unas semanas terribles en el infierno—. Creía que hacía lo correcto. —Se reclinó en la silla con los brazos flácidos—. Caden pensó que hacía lo correcto al no contártelo todo. Tú pensaste que hacías lo correcto al separarte de él y no contarle lo del embarazo. Y yo pensé que hacía...

—Lo que tú has hecho no se parece en nada a lo nuestro —lo interrumpí—. Nosotros estábamos intentando protegernos el uno al otro. Tú...

—¡Y yo a la corte y al mundo entero! —Le temblaban los hombros—. Eso es lo que intentaba hacer.

Me quedé mirándolo, temblando de pies a cabeza. La rabia que bullía en mi interior atenuaba todo lo demás: la traición, la incredulidad y el dolor. Le había dicho a Tink que mataría al responsable, fuera quien fuese. No lo había dicho por decir, y eso había sido antes de saber que el culpable de casi acabar con la vida de mi hijo también había sido el culpable del infierno que había vivido a manos de Aric. Por el rabillo del ojo, vi la pulsera y la estaca en la mesa.

La furia asesina era un ciclón en mi interior. Tanner me caía bien. Confiaba en él. Mi madre había confiado en él y quizá más tarde el dolor de su traición me atormentaría, pero ahora el sabor amargo de la venganza me consumía. Me moví sin pensar. Torcí el cuerpo a la vez que echaba la manta hacia abajo. Alcancé la pulsera con toda la intención de clavarle la estaca en la garganta. Le iba a cortar la cabeza. Lo iba a matar.

Tanner era rápido, como todos los faes, se alimentaran de humanos o no.

Se puso de pie de golpe y volcó la silla hacia atrás conforme agarraba la estaca con una servilleta de tela que había a su lado.

Mierda.

Me bajé de la cama y agarré la lámpara a la vez que la puerta se abría de repente. Arranqué la lámpara de donde sea que estuviese enchufada y se la lancé mientras Kalen entraba en la habitación.

—¿Qué demonios está pasando? —preguntó mientras Tanner retrocedía y esquivaba el golpe con el otro brazo. La base de cerámica se rompió y le cortó la piel—. ¡Brighton!

—¡Fue él! —grité, sin apartar los ojos de Tanner—. ¡Él me envenenó y me vendió a Aric!

—¿Qué? —La incredulidad invadió la voz de Kalen.

—Es cierto. —Tanner retrocedió y desvió la mirada fugazmente hacia donde se encontraba él—. Dice la verdad.

—¿Qué? —repitió Kalen, negándose a ver la realidad.

—Solo quería proteger a la corte. —Tanner siguió retrocediendo.

—¡Me importa una mierda lo que quisieras hacer! —chillé—. ¡Confiábamos en ti!

—Tanner. —El horror había reemplazado la sorpresa en la voz de Kalen—. Nuestro rey te matará.

—De eso nada —dije apretando los puños—. Pienso hacerlo yo primero.

Di un paso al frente.

—No hará falta. —La espalda de Tanner chocó con la pared a la vez que su mirada empañada por las lágrimas se cruzaba con la mía—. Neal ha abandonado la ciudad. Sé que no tenéis motivos para creerme, pero no gano nada mintiendo. Neal se ha ido. —La fina tela apenas le ofrecía protección contra el hierro. Unas pequeñas columnas de humo ascendían desde la servilleta y la piel del fae—. Aric no me dijo que eras la *mortuus* del rey, pero a Neal seguro que sí. Puede que se haya ido, pero sabe que eres el talón de Aquiles del rey. Y él seguro que se lo ha contado a los demás. Vendrán a por ti pensando que pueden usarte para controlar al rey. Haz lo que yo no he podido. Protege al rey y el futuro de mi corte. Nunca bajes la guardia.

Todo ocurrió muy deprisa.

Tanner echó la mano hacia delante y luego se la estampó de golpe en el pecho. Kalen estaba a mi lado, tirando de mí hacia atrás mientras gritaba. El cuerpo de Tanner convulsionó y sus ojos refulgieron de dolor. Me llevó un segundo darme cuenta de que la mano con la que se había golpeado era la que había estado sosteniendo la estaca.

Me tambaleé hacia atrás a causa de la sorpresa y choqué con la cama

—¿Qué...?

—Lo siento. —La voz de Tanner no era más que un susurro. Cerró los ojos y entonces... implosionó. Se arrugó como un papel. Se oyó un estallido, un ruido parecido al de un disparo amortiguado y hubo un destello intenso de luz.

Y después... nada.

Lo único que quedó donde Tanner había estado un momento antes fue la estaca de hierro, que había caído al suelo con un estrépito.

Capítulo 18

Me senté en la cama mientras Kalen llamaba a... bueno, no sé a quién llamó. En situaciones de ese tipo normalmente habría avisado a Tanner, y dudaba que hubiese llamado a Faye estando ocupada con lo de su primo.

Habló con quien fuera y yo permanecí sentada aferrada a la pulsera de hierro y observando fijamente el sitio donde Tanner había implosionado.

Seguía enfadada y a la vez... no me podía creer que Tanner se hubiese enviado a sí mismo de vuelta al Otro Mundo. Lo que Caden o yo le habríamos hecho no podría compararse con lo que le pasaría en un mundo gobernado por la reina de invierno. Nosotros lo habríamos matado y punto; cuando les clavabas una estaca de hierro a los faes no morían, sino que regresaban a su mundo, y eso era peor que la muerte.

Que se lo merecía, pero...

Me parecía increíble.

—Brighton.

Parpadeé y me di cuenta de que Kalen me había llamado.

—Perdón.

—No pasa nada. He dicho... —Se pasó una mano por el pelo y clavó la mirada en el mismo sitio que yo—. No me lo puedo creer. Si no lo hubiese visto con mis propios ojos, no me lo habría creído.

—Pensé que tal vez se lo había dicho a Tatiana o a su hermano para que supieran lo que pasaba y ella pudiera intentar seducir a Caden, ¿sabes? —expliqué con voz ronca al tiempo que rozaba la pulsera con los dedos—. No tenía ni idea.

—No sé ni qué decir. —Kalen le dio la espalda a la pared—. De verdad.

—Yo tampoco.

Unos minutos después Caden apareció en el umbral. Levanté la vista y mi corazón dio un vuelco al verlo. Me entraron unas ganas terribles de echar a correr hacia él. Me percaté de que había empezado a levantarme, así que me detuve. ¿Seguía enfadado conmigo? Seguro que sí. No era tan fácil olvidar lo que había descubierto hacía apenas unas horas. No sabía si le gustaría que me acercara a él y lo tocara.

Dios, otra punzada de dolor de una herida que se extendía con rapidez.

Caden se había detenido, pero avanzó hasta llegar a donde me encontraba sentada. En parte esperaba que se quedase ahí y mantuviese las distancias conmigo.

Pero eso no fue lo que hizo.

Se arrodilló y me acunó el rostro. Su contacto me sobresaltó. Sus ojos buscaron los míos.

—¿Estás bien?

Hice amago de responder, pero la caricia me había descolocado y las dudas que había sentido desaparecieron.

Solté la pulsera y me lancé a sus brazos. No sabía si le había tomado por sorpresa porque no lo demostró. En cambio, me estrechó con fuerza y se enderezó. No me apartó. Escondí la cara en su pecho e inhalé profundamente. Aquello no quería decir que estuviésemos bien, pero lo necesitaba; necesitaba sentirlo, olerlo, y aquí estaba.

Y lo significó todo para mí.

—¿Brighton? —susurró a la vez que pasaba una mano por mi pelo y mi espalda. Sentí que giraba la cabeza—. ¿Está bien?

—Físicamente sí —respondió Kalen.

—Estoy bien. —Mi voz sonó amortiguada y probablemente no muy comprensible, pero no levanté la cabeza—. Estoy... Fue Tanner, Caden. *Fue él.*

Se tensó de pies a cabeza.

—¿Qué has descubierto? —le preguntó a Kalen.

Este se lo explicó, pero no lo sabía todo. Yo sí. Me obligué a recomponerme, levanté la cabeza y me separé a regañadientes. Le conté a Caden todo lo que Tanner me había dicho y se quedó más rígido que una tabla cuando llegué a la parte de Aric.

Para aquel entonces yo ya estaba paseándome por la habitación con un brazo alrededor de la cintura.

—No dejó de repetir que creía estar haciendo lo correcto...

—Pues no —gruñó Caden.

—Lo sé. —Me detuve y lo miré—. Iba a matarlo. Había confiado en él. Mi madre también. Y tú. Iba a matarlo. —Aparté la mirada de la de Caden y seguí paseándome—. Entonces agarró la estaca con una servilleta y me contó que Neal se había ido de la ciudad, pero que debía saber que yo era tu talón de Aquiles y que se lo habría contado a los demás. Después me dijo... —Me aclaré la garganta—. Me dijo que tenía que hacer lo que él no había podido: proteger a la corte y no bajar la guardia nunca. Entonces se...

—Se mandó a sí mismo al Otro Mundo —continuó Kalen por mí—. Lo que le harán allí... será mil veces peor que lo que le habríamos hecho aquí.

A Caden le palpitó un músculo en la mandíbula.

—Eso no me hace sentir mejor. Quiero verlo morir.

Kalen no objetó.

Yo tampoco.

—Siéntate, por favor —me pidió Caden y yo me detuve—. Deberías estar descansando. —Se volvió hacia Kalen—. ¿Puedes ir a buscar a Luce? Quiero que examine a Brighton.

—Por supuesto. —Se inclinó y se dio la vuelta para irse.

Me senté porque Caden tenía razón. No me encontraba mal, pero esto no era descansar precisamente.

—¿Seguro que estás bien? —preguntó Caden.

—Me siento bien, no ha intentado hacerme daño. —Apreté los labios—. Al menos esta vez. ¿Y tú?

Caden me miró con incredulidad.

—No te preocupes por mí.

—Lo hago —contesté—. Me ha dicho que estabas con Faye, ocupándote de lo de Benji. Sé que confiabas en él, como todo el mundo.

—Ahora me preocupáis el bebé y tú...

—Y a mí me preocupas tú —lo interrumpí—. Una cosa no quita la otra.

Ladeó la cabeza y por un momento me pregunté si iba a decir algo.

—Confiaba en Tanner igual que en los demás. Jamás hubiera pensado que estaría detrás de esto.

—Yo sigo sin creérmelo. —Agarré la pulsera y le di la vuelta—. Debería sentirme mejor porque ya sabemos quién ha sido, pero no. No entiendo por qué pensaba que estaba haciendo lo correcto.

—Por miedo.

Miré a Caden.

—El miedo lo instó a creer que era lo correcto. —Se acercó despacio y se sentó a mi lado—. Algunos faes aquí han limitado tanto su exposición al mundo que la corte de invierno y su reina se han convertido en... ¿cómo lo llamáis? ¿Lo que les da miedo a los niños?

—¿El hombre del saco?

—Sí, eso. —Volvió la cabeza hacia mí—. No es que no los considere una amenaza; lo son, pero el miedo y el pánico son mucho más peligrosos que cualquier criatura que pueda haber ahí fuera. Es lo único que se me ocurre para que haya tomado esa decisión. Su miedo a que la corte se debilitase era mayor que el miedo a lo que yo pudiera hacerle. —Desvió la mirada hacia mi pulsera—. Tal vez haya gente que crea que debería hacer que me temieran más, pero mi padre no gobernó así y yo tampoco lo haré.

—Me alegro. —Dejé de girar la pulsera—. Hacer que la gente te tema funciona hasta cierto punto. Los humanos lo hacemos y fracasamos y... —Lo miré—. Tú no eres así. Eres brutal y a veces das mucho miedo, pero también eres amable. Jamás me...

—¿Qué?

Levanté los ojos hacia él.

—Jamás me habría enamorado de ti si creyeses que el miedo es una forma válida de gobernar. —Desvié la atención hacia la pulsera y cambié de tema enseguida—. No sé cómo va a reaccionar la gente.

—Va a ser duro para todos; lo respetaban mucho, lo querían, confiaban en él y se preocupaban por él —respondió al tiempo que suspiraba—. Podría mentirles y obligar a Kalen a guardar silencio, pero las mentiras nunca salen como uno quiere, aunque se cuenten con la mejor de las intenciones.

—Es cierto. —Hundí los hombros—. Me dijo... que creía estar haciendo lo correcto, al igual que nosotros.

—Pues se equivocó. Lo que hizo no tiene nada que ver con nuestra situación, Brighton.

—Lo sé, sé que no es lo mismo, pero entiendo la razón. Tú creías que lo mejor era darme tiempo antes de contármelo todo; yo, que lo mejor era alejarte y mantener mi embarazo en secreto para que todos estuviésemos a salvo. Ninguno tuvimos razón. No es igual porque él sabía que lo que estaba haciendo no estaba bien. Creo que lo sabía incluso cuando le dijo a Aric que yo te importaba, pero lo hizo de todas formas. Sé que han pasado muchísimas cosas. Dios, no dejan de pasar cosas, pero yo...

Lo miré y pensé en algo importante y poderoso.

—No quiero seguir equivocándome y tomando decisiones equivocadas. Te amo, Caden. Quiero a nuestro bebé. Quiero que estemos juntos. No sé si seré una buena reina. Tal vez sea terrible, pero me da igual. Quiero ser *tu* reina. Sé que estás enfadado conmigo...

—No estoy enfadado contigo, Brighton.

—¿En serio? ¿Seguro que no quieres pensártelo otra vez?

Sus ojos volvieron a encontrarse con los míos.

—No necesito pensármelo. No estoy enfadado. Aunque me moleste por algo que hagas, jamás me enfadaría contigo.

Sonaba bien, aunque un tanto confuso. Me dio la sensación de que lo que estaba a punto de decir sería bastante peor.

—Pero sí estoy decepcionado. —Hundí los hombros de nuevo. Tenía razón, era peor—. Yo...

Sus palabras se quedaron en el aire debido a la llegada de Luce. Tenía la tensión un poco alta y no me sorprendía. Después llegaron los demás uno detrás de otro. Faye. Tink. Fabian. Ivy y Ren. Algunos faes que conocía y de cuyos nombres no me acordaba. Otros que ni siquiera me sonaban.

Se mostraron incrédulos. Ninguno se creyó ni entendió por qué Tanner había hecho lo que había hecho. Hubo instantes de silencio a causa de la sorpresa, lágrimas... Después Caden les aseguró que las cosas en el Hotel Faes Buenos proseguirían, que, aunque costase, todo iría bien. Permanecí allí sentada escuchándolo hablar con total calma y confianza y no me cupo duda de que las cosas irían bien en cuanto pasase el tiempo suficiente como para que se pudiese pasar página de la traición de Tanner y del dolor de su pérdida a pesar de lo que había hecho.

Hasta entonces no me había dado cuenta de que Caden realmente había nacido para gobernar. Creo que incluso tranquilizó a Ivy y Ren, y eso ya era decir mucho. Se marcharon para darle la noticia a Miles.

Caden permaneció a mi lado todo el tiempo. Esperaba que se fuese porque suponía que tendría que anunciárselo a los faes, pero no se separó de mí.

No tenía nada que hacer allí sentada aparte de recordar lo sucedido con Tanner una y otra vez y de preguntarme qué haría falta para que Caden dejase de sentirse decepcionado conmigo.

Si es que podía, claro.

Tenía que pensar que sí. Al igual que el Hotel Faes Buenos, requeriría tiempo. Habría dolor y rabia, pero teníamos que pasar página sí o sí.

Al final nos quedamos en la habitación a solas con Fabian y Tink. Este último estaba de pie en un rincón, apoyado contra la pared. Había permanecido en silencio casi todo el tiempo y me tenía preocupada. Tanner le había caído muy bien y seguro que lo estaba pasando mal.

—Hay algo de lo que sí puedo ocuparme —dijo Fabian después de que Caden y él discutiesen sobre lo que había que hacer y sobre si debíamos creer lo que Tanner había dicho de Neal. Al igual que yo, Caden creía que Tanner había dicho la verdad. Neal no suponía un problema, al menos por ahora—. Sé que hay que hablar con la corte, así que Tink y yo podemos encargarnos de eso mientras tú te aseguras de que Brighton y mi futuro sobrino o sobrina descansen tranquilamente.

Abrí la boca.

—Nosotros nos encargamos. —Tink se apartó de la pared y se colocó junto a Fabian—. Considéralo parte de mis primeras labores como padrino.

Cerré la boca y Caden frunció el ceño al oír la palabra «padrino». Esperaba que le diese las gracias y se negase. Al fin y al cabo, era el rey.

—Te lo agradezco —contestó Caden.

Me volví hacia él despacio.

—Te necesitan, ¿no? ¿No tienes que hablar con ellos?

—Aquí me necesitan más —dijo.

Me daba miedo albergar la esperanza de que lo dijese como algo positivo, así que solo asentí. Tink se acercó a mí, se inclinó y me besó en la mejilla.

—Descansa, por favor.

—Lo haré —prometí. Lo agarré del brazo cuando se apartó—. ¿Estás bien?

Me dedicó una sonrisita triste.

—Lo estaré.

—Es mucho que asimilar.

—Lo es. —Me soltó y se marchó con Fabian.

Cerraron la puerta y me quedé a solas con Caden. Estaba sentado cerca de mí, pero no nos tocábamos. Me sentía agotada, pero sabía que no lograría dormirme enseguida. Tenía demasiadas cosas en la cabeza y...

—Tanner se equivocaba —afirmó Caden. Aquello me hizo volver en mí.

—Diría que se equivocaba en muchas cosas.

—Sí, pero especialmente en una. —Me miró—. No eres mi talón de Aquiles.

Inspiré con brusquedad. Sus ojos buscaron los míos.

—Me he fijado en que esperabas que me marchase.

—Yo... sí. Imaginaba que querrían verte. Se te da muy bien tranquilizar a la gente.

—Querrán verme y lo harán, pero ya he dicho que aquí me necesitan más. Sé que estás cansada, lo noto, pero necesito terminar de decirte algo.

Asentí con el pulso por las nubes.

—*Estaba* decepcionado, Brighton. He intentado explicarme, pero nos han interrumpido. Una y otra vez —dijo—. Parece que ya es la norma.

—Ya —respondí.

Bajó la cabeza hasta que nuestros rostros quedaron a meros centímetros.

—Estaba decepcionado y abrumado. De todas las maneras en las que pensaba descubrir que sería padre, esa no era una de ellas. Fue mucho que asimilar. Estoy de acuerdo con lo que has dicho antes de no querer seguir tomando decisiones equivocadas. Lo que hizo Tanner no se parece en nada a lo nuestro, pero es cierto que ambos creíamos estar haciendo lo correcto. Debería habértelo dicho. Y tú a mí también. Nos equivocamos.

Sentía que me faltaba el aire, pero esta vez se debía a otra cosa.

—Es verdad.

—Creo que nos volveremos a equivocar, lucero —prosiguió. Se me cortó la respiración cuando lo oí usar mi apodo otra vez—. Pasará, sobre todo porque vamos a criar a nuestro hijo. Supongo que con eso también cometeremos muchos errores, pero ¿sabes lo que no va a cambiar?

Asentí.

—Que... ¿que nos amamos?

—Así es. —Me acunó el rostro—. Posees una parte de mi alma, Brighton. Lo eres todo para mí. Eso no cambiará jamás.

Solté un ruidito y lo agarré de la camisa.

—Te amo.

Nos movimos a la vez. En cuanto nuestros labios se tocaron, fue como respirar el aire profundo de verano por primera vez. El beso fue dulce y el más intenso de todos los que nos habíamos dado. Tal vez se debiese a que fue el primero desde que no nos ocultábamos nada, o tal vez porque lo sentí como un principio.

Cuando nos separamos, Caden apoyó la frente contra la mía y deslizó la mano por mi brazo, por la curva de mi cintura y después por mi vientre.

—Vamos a tener un hijo.

Esbocé una gran sonrisa y reprimí las lágrimas de felicidad a la par que posaba una mano sobre la suya.

—Sí —respondí.

—Ni siquiera había pensado en ser padre, lucero. Pero en cuanto me enteré de que estabas embarazada, incluso con todo lo que estaba pasando, supe que quería ser padre.

—Sé a lo que te refieres. —Le di un apretón en la mano—. Fue toda una sorpresa, pero sentí al momento que quería al bebé.

—Serás una madre increíble.

—¿Tú crees?

Se alejó para mirarme bien a la cara.

—Lo sé. ¿Por qué dudas?

—No he... tenido más alucinaciones ni lapsos, pero eso no significa que no vaya a tenerlos más. Soy consciente de que crees que conmigo será distinto, pero no puedo evitar preocuparme. Quiero darle al bebé todo lo que yo no tuve. Quiero ser una madre que esté presente... ¿Y si no lo estoy?

Caden volvió a acariciarme la mejilla.

—No sabemos qué nos deparará el mañana, pero te prometo que no estás sola. Tengas momentos así o no, yo estaré a tu lado. Me tienes a mí. Y nuestro hijo nos tendrá a los dos, pase lo que pase. Ya lo queremos tanto que será suficiente. Le daremos todo lo que necesite. —Me besó la frente—. Además, tengo la sensación de que será fuerte y capaz de soportar cualquier cosa.

Me estremecí.

—Luce cree que el bebé ya es fuerte y que está decidido a vivir.

Caden me abrazó y me pegó contra él.

—No lo dudo, no cuando quien lo lleva eres tú. No conozco a nadie, humano o fae, más tenaz y con más ganas de vivir que tú.

Alcé la cabeza y lo besé de nuevo. Por primera vez no sentí miedo ni rabia ni preocupación.

Ambos habíamos sufrido lo indecible para llegar hasta aquí. Nos lo merecíamos. Nuestro hijo lo merecía. Lo único que sentí fue amor.

Me sentí completa.

EPÍLOGO

Caden

Apoltronado en el césped acolchado del jardín cercado del Hotel Faes Buenos, observé a mi pequeña perseguir torpemente a Tink. El duende estaba... bueno, en tamaño duende y sus alas traslúcidas apenas se veían bajo la brillante y cálida luz del sol mientras ascendía y descendía en el aire para evitar que los dedos regordetes de Scorcha lo tocaran. Ella se reía y chillaba, intentando saltar con la esperanza de atrapar a Tink, que la provocaba sacándole la lengua y tirándole de su coleta medio deshecha. Rubia y con los ojos de su madre, era como un rayo de sol saltarín.

Scorcha.

Tenía el corazón encogido en un puño. Llamar a nuestra hija como mi hermana había sido idea de Brighton, una que me sorprendió, pero que apoyé desde el momento en que salí del estupor. El gesto aún me arrebataba el aliento y no cesaba de sorprenderme.

Desvié la mirada hasta la mujer tras mi pequeña. Cada vez que la veía, sucedía. Cada maldita vez. Se me encogía la garganta y una sensación de plenitud me dejaba completamente boquiabierto.

Brighton llevaba el pelo trenzado y le cayeron varios mechones dorados sobre la mejilla y la curvatura de su cuello al agarrar a Scorcha cuando la pequeña se tambaleó en su centésimo intento por atrapar a Tink. Riéndose de lo que fuera que Tink le había dicho, Brighton se aseguró de que Scorcha recuperaba el equilibrio y luego la soltó.

A Brighton le había preocupado la clase de madre que sería y yo tuve razón al decir que no tenía dudas de que sería absolutamente maravillosa. Sabía exactamente cuándo agarrar a nuestra hija y cuándo soltarla.

Me la comí con la mirada. Como las temperaturas iban a subir, se había decantado por un vestido de gasa azul oscuro esta mañana. Uno con tirantes tan finos y delgados que quería seguir con mis dedos, mi lengua y luego con mis dientes. Me volvían loco, sobre todo cuando resbalaban y caían por sus hombros, como ahora. Un ramalazo de pura lujuria me recorrió. Esbocé una sonrisa mientras veía cómo la brisa levantaba y movía la falda de su vestido, dejando sus piernas a la vista de vez en cuando. Me recordaba a esta mañana, cuando me desperté con ganas de ella y vi la curvatura de uno de sus muslos desnudos. Su piel me había parecido tan solitaria asomándose por entre las sábanas que estuve más que feliz de acariciarla primero con la mano y después con mis labios. Para cuando Brighton se despertó, ya había llegado a la unión de sus muslos.

Y fue el mejor desayuno que hubiese comido nunca.

Joder. Aún era capaz de saborearla en la punta de la lengua.

Me moví en el césped para darme un poquito más de espacio y empecé a contar las horas que quedaban hasta la siesta de Scorcha. Volvía a tener mucha hambre.

Como si percibiera mi escrutinio casi obsesivo, Brighton desvió la vista hacia mí. Nuestras miradas conectaron al tiempo que me relamía el labio inferior. Se ruborizó y sacudió la cabeza, pero fui capaz de oler su deseo. Me recordaba al aroma de las rosas bañadas en vainilla, y era adictivo.

Como mínimo, me preguntaba una vez al día cómo había podido ser tan afortunado. Y aún había veces en las que no conseguía deshacerme de la sensación de que no me merecía a Brighton, a nuestra hija y la vida que estábamos construyendo juntos, el futuro que nos aguardaba. Aún me atormentaba aquella época en la que estuve bajo el hechizo de la reina de invierno, pero Brighton siempre me encontraba en esos momentos. Ya fuera de noche, cuando hacía desaparecer las pesadillas a base de besos, o las veces que me quedaba callado de repente, cuando tiraba de mí hasta sacarme de las garras de la oscuridad. Al igual que yo también estaba ahí durante los instantes en que la pesadilla de Aric la perseguía. Siempre le recordaba que estaba a salvo. Había tenido razón en cuanto a las alucinaciones; no volvió a sufrir otra, pero, aunque así fuera, estaríamos bien.

Más que bien, de hecho.

Scorcha soltó un chillido de triunfo cuando atrapó la pierna de Tink. Hice una mueca en solidaridad. Mi hija tenía mucha fuerza. Justo el otro día me agarró la nariz y pensé que me la iba a arrancar. Y teniendo en cuenta que a cada día que pasaba su fuerza fae aumentaba, parecía posible.

Tink solo se rio y gritó.

—¡Tú ganas! ¡Tú ganas!

Soltó su pierna y aplaudió con emoción.

—¡Otra vez! ¡Otra vez!

Tink descendió, le dio un beso en la coronilla y volvió a alejarse de ella.

—No volverás a atraparme.

—¡Ya verás! —Scorcha salió corriendo como pudo tras Tink, pero luego se detuvo con un bostezo digno de una leona.

—Creo que se pasará durmiendo toda la tarde cuando sea su hora de la siesta. —Brighton se apartó un mechón de pelo de la cara—. Y yo también.

No si de mí dependía. Planeaba darle muy buen uso a nuestro tiempo a solas.

El duende me miró a la vez que aleteaba con rapidez.

—De nada.

Me reí por lo bajo.

—Te debo una.

Tink ascendió y evitó por muy poco a Scorcha mientras Brighton volvía a mirarme. Leí su mensaje velado y asentí. Sí que le debíamos una a Tink por lo de hoy. Desde que mi hermano y él habían asumido el cargo de gerentes del Hotel Faes Buenos, ambos estaban ocupados y no creía que nadie se sorprendiera más que Tink por su dedicación a continuar con el legado del hogar de los faes.

—Me sirve de práctica —dijo Tink—. Porque pienso ser la Mary Poppins de los duendes.

—Eso me recuerda... ¿Han decidido ya un nombre Ivy y Ren? —preguntó Brighton.

—No —respondió—. Siguen discutiendo entre dos y ninguno quiere oír mis sugerencias.

—¿Les has sugerido que lo llamen como tú? —preguntó Brighton.

—Sí, pero ¿quieres saber un secreto? —Tink subió muy por encima de la cabeza de Scorcha—. Les di una lista de nombres y uno de ellos era el mío de verdad, aunque eso ellos no lo saben.

A Brighton se le desencajó la mandíbula.

Negué con la cabeza y me pregunté si debería arruinarle el día a Tink revelándole a Brighton cuál era su verdadero nombre. Pero mientras Brighton intentaba adivinar cuál era y entornaba los ojos con falsa rabia, decidí que podría compartir ese dato con ella en otro momento.

Miré por encima del hombro hacia el hotel. Era casi increíble lo bien que estaba gestionado estos días. Las cosas habían sido un caos tras la traición de Tanner, tanto que incluso la mitad de la corte se planteó marcharse. De no haber sido por Tink y Fabian, me habría preocupado bastante por el futuro del santuario.

Hacía poco Ren sugirió que quizás entrásemos en una época de paz y armonía —muy necesaria— en la guerra contra la corte de invierno, pero lo cierto era que la guerra por la humanidad ni siquiera había empezado.

El hotel era invaluable para la supervivencia de la corte de verano. No solo porque había muchas faes embarazadas que iban a dar a luz a la siguiente generación, ni por el hecho de que casi todas las habitaciones estaban ocupadas, sino porque la amenaza de los faes de invierno seguía siendo preocupante y no iba a desaparecer en un futuro cercano.

Seguía habiendo más faes de invierno que de verano. En todo caso, sus ataques se habían vuelto más violentos y sin sentido, y en lugares más comunes. Con la muerte de Aric y la desaparición de Neal, no contaban con un verdadero líder, lo cual era mucho más peligroso. Numerosos faes de invierno estaban haciendo lo posible por demostrar que eran más que capaces de asumir el cargo, y eso se traducía en más muertes. Y luego estaba el aliento del diablo, que era capaz de convertir a cualquier fae en un monstruo al que habría que eliminar. Justo la semana pasada le pasó a un joven fae y tuvimos que matarlo. La desaparición de Neal solo ralentizaba el suministro de aquella bebida tóxica. El antiguo seguía ahí fuera, al igual que el aliento del diablo, pero la Orden por fin estaba colaborando con los faes para descubrir la fuente de ese suministro. Seguía habiendo antiguos que seguro que en este mismo momento estaban tramando cómo liberar a la reina Morgana.

Y luego estaba ella.

Mientras continuase atrapada en el Otro Mundo, no sería la mayor de nuestras preocupaciones, pero seguía viva y sabía que seguía intentando encontrar la forma de abrir un portal hacia este mundo. Al final, hallaría la manera y ahí sería cuando la verdadera guerra empezaría, una que se extendería como la pólvora por el mundo mortal y que los terminaría involucrando, lo quisiesen ellos o no.

Pero esa guerra no empezaría hoy.

Volví a centrarme en el aquí y ahora y exhalé con pesadez. Feliz pese a lo que deberíamos enfrentarnos algún día, me negué a agobiarme por los problemas del mañana. Nadie podía vivir así.

Ni siquiera un rey.

Así que miré a lo más importante para mí. Justo aquí, a unos cuantos metros, se encontraba todo mi mundo.

Bueno, menos el duende.

Aunque su labor como niñera era incomparable.

Scorcha se haría mayor algún día y ya no sería nuestra princesita, sino la princesa de la corte de verano, y sería tan fiera y valiente como su madre. Sería una luchadora. La manita que ahora agarraba la de su madre un día aferraría una daga de hierro con confianza y seguridad, aunque fuese con guantes. Me aseguraría de ello.

Y Brighton era... era y siempre sería mi *mortuus*, la mujer más preciosa, valiente, fuerte, lista y amable que había conocido. Lo mucho que significaba para mí jamás podría verse como una debilidad, y nunca volvería a ocurrir. No lo permitiría. Si alguien volvía a intentar usarla —a ella o a mi hija— para manipularme, sería lo último que hiciesen. Y no solo me aseguraría yo de ello. Pobre del imbécil que pensara que Brighton era un objetivo fácil. Siempre había tenido garras, pero tras el nacimiento de Scorcha, esas garras se habían afilado hasta el punto de convertirse en armas mortales. Dibujé una sonrisa cuando Scorcha casi volvió a atrapar a Tink.

Brighton era capaz de cuidarse sola, pero si necesitaba ayuda, me tenía a mí.

Siempre me tendría.

Horas después, una vez que Scorcha se había quedado dormida y por fin estábamos solos, desnudé a Brighton y le demostré lo preciosas que me parecían sus cicatrices. Las adoré con mis labios y luego con la lengua, y siempre con mi alma. La besé en la boca y después más abajo. La llevé hasta el borde del abismo una y otra vez hasta que mi nombre no fue más que una súplica en sus labios. Entonces, y solo entonces, la tumbé de costado y me introduje en ella.

—Joder —gemí y bajé la mejilla hacia la suya. Me quedé quieto tanto como pude, hasta que la necesidad por moverme resultó casi dolorosa—. Te necesito.

Ella sabía perfectamente lo que eso significaba.

—Ya me tienes.

Y era cierto.

Con un estremecimiento, la agarré de las caderas y la levanté hasta colocarla de rodillas. Por un momento me perdí en la elegante curva de su espalda y en su rollizo trasero. Era preciosa, como siempre. Le rodeé los hombros con los brazos y la sujeté mientras recibía lo que ella me daba.

Amor.

Aceptación.

Comprensión.

Fuerza.

Ya no hubo más preliminares. Ni más tiempo para jugar. Me moví contra ella con rapidez, motivado por los suaves gemidos que resonaban en la habitación y por cómo no solamente esperaba cada arremetida, sino que venía a recibirlas con tanta fiereza como yo. La sensación fue brutal. Mi corazón latía con fuerza y perdí todo ápice de control en cuando la sentí contraerse y palpitar alrededor de mi miembro. A riesgo de volverme loco, seguí embistiéndola una y otra vez, sin parar, hasta que por fin yo también llegué al orgasmo. Fue como si un rayo descendiese por mi columna y arrasara con mis sentidos. No sabía cómo habíamos acabado de costado, ella delante de mí y con su espalda pegada a mi pecho.

—Te amo —dijo, y apoyó la cabeza contra mi pecho.

Sonreí contra su piel y luego la besé en el hombro.

—Eres mi sol. Mi fuerza. Mi redención. Mi corazón. Mi todo. Mi reina. Y siempre te amaré.

ƒGRADECIMIENTOS

Gracias a Liz Berry, M. J. Rose, Jillian Stein, Chelle Olson, Kimberly Guidroz y al gran equipo de *1001 Dark Nights* por permitirme contar la historia de Caden y Brighton.

Lector, nada de esto sería posible sin ti. Gracias.

¿TE GUSTÓ ESTE LIBRO?

escríbenos y
cuéntanos tu opinión en

f /Sellotitania   🐦 /@Titania_ed

📷 /titania.ed

#SíSoyRomántica